비츄 현대 판타지 장편소설
WISHBOOKS MODERN FANTASY STORY

레벨업 어게인
LEVELUP
AGAIN

레벨업 어게인 7

비츄 현대 판타지 장편소설

초판 1쇄 찍은 날 | 2017년 6월 16일
초판 1쇄 펴낸 날 | 2017년 6월 23일

지은이 | 비츄
펴낸이 | 예경원

기획 | 위시북스
편집책임 | 박우진
편집 | 이즈플러스

펴낸곳 | 예원북스
등록번호 | 제396-2012-000132호
등록일자 | 2012. 7. 25
KFN | 제1-114호

주소 | 경기도 고양시 일산동구 호수로 646-24 위너스21 II 빌딩 206A호 (우)10401
전화 | 031-819-9431 팩스 | 031-817-9432
E-mail | yewonbooks@naver.com

ISBN 979-11-6098-312-8 04810
        979-11-5845-304-6 (set)

레벨업 어게인
비츄 현대 판타지 장편소설
WISHBOOKS MODERN FANTASY STORY
LEVELUP AGAIN
7
Wish Books

CONTENTS

1장
불의 제왕 (하)

정령왕 칸드는 오늘 조금 불편했다.

 불편한 게 아니라 불안했다. 왜냐하면 상급 정령 윈더가 자신을 찾아왔기 때문이다.

 그가 불편해하는 윈더가 몇 있는데, 그중에서도 가장 불편한 건 역시 이 윈더다.

 "칸드 님."

 과거, 칸드가 그나마 만만하게 여겨서 신희현과 계약시켰던 그 윈더 말이다.

 그 윈더가 요즘 자신의 존재 의의에 대해서 굉장히 고찰을 하고 있는 모양이다.

 정령왕 칸드의 등에서 식은 바람이 불어 내렸다.

"어, 그래. 윈더. 무슨 일이야?"

"이번에는 몬스터 몰이를 했습니다."

"그, 그래? 아주 열심히 했겠지?"

"그렇습니다. 굉장히 열심히 했습니다."

상급 정령쯤 되는 정령이 몬스터 몰이를 했다니.

그나마.

'다행이다.'

만약 윈더를 붙여주지 않았다면 자신이 그 역할을 했을지도 모를 일이다.

정령왕이 몬스터 몰이를 한다니. 불의 정령왕 페딕스 녀석이 들었다가는 깔깔대며 비웃을 것이 뻔했다.

칸드가 웃으면서 말했다.

"너도 알다시피 밝음의 여신님과 계약한 플레이어야. 너도 그 힘을 느끼고는 있겠지?"

"물론입니다. 제 능력이 미약하여 정확하게 느끼지는 못하지만…… 조금은 느낄 수 있습니다."

"그래, 우리는 생각하지 못한 어떠한 방법으로 위대한 업적을 진행하고 계실 것이 틀림없으시다."

윈더는 문득 의문이 들었다.

그렇게 위대한 업적이라면 정령왕께서 직접 움직이실 필요도 있지 않습니까?

묻고 싶었다.

좀 더 직설적인 성격을 가진 윈더였다면 그렇게 물었을지도 모른다.

칸드는 이 윈더가 그렇게 하지 못한다는 걸 잘 알고 있다. 그런데 그때 소환 명령이 떨어지는 것이 느껴졌다.

'오.'

타이밍 나이스. 아주 잘됐어.

"라이나 님의 계약자가 나를 부르네."

"……."

윈더는 조금 놀란 눈으로 정령왕을 쳐다봤다. 정령왕께서 간만에 소환되는 것 같다.

"……다녀오십시오."

칸드가 사기를 쳤다.

"나를 너무 자주 부른다니까."

해봐야 세 번 불렀다.

그나마 소환사의 비술이 생겼기 때문이다.

소환사의 비술이 없었으면 그보다 더 안 불렀을 거다.

칸드가 이렇게 말하는 이유는 간단했다.

'너희가 모르는 사이, 나도 자주 불려 다니고 있다'.

이렇게 주장하고 있는 거다.

윈더는 생각했다.

'정령왕과 함께…….'

그와 함께 위대한 업적을 만들어 가고 있는 것 같은 기분이 들었다.

잠시 우울했던 기분이 좋아진 것을 느꼈다.

'정령사에 길이 남을 위대한 업적을……!'

정령왕 칸드는 이상한 말을 들었다. 정령왕은 난폭하고 흉악무도하단다. 저 어린 천족 꼬맹이가.

"어이, 꼬맹이. 죽고 싶냐?"

말을 그렇게 하기는 했는데.

'아, 다행이다.'

때마침 계약자가 자신을 불러줬다.

안 그랬으면 윈더에게 시달릴 뻔했다.

하마터면 정령왕의 위신에 금이 갈 뻔하지 않았는가.

상급 정령에게 사기나 치는 그런 정령왕으로 낙인찍힐 수는 없었다.

교감을 통해 전해졌다.

'칸드? 너…… 어째서……?'

'아무것도 아니다. 앞으로는 나를 자주 불러주면 좋겠군.'

속사정을 알 수 없는 신희현은 고개를 갸웃했다.

강동훈의 파트너는 강동훈 뒤로 숨은 상태. 그래도 할 말은 다 했다.

"정령왕은 포악해! 나빠! 무시무시! 무시무시해!"

칸드는 파트너의 말에 딱히 신경 쓰는 것 같지는 않았다.

신희현에게 물었다.

'그래서 난 뭘 하면 되지?'

'그냥 가만히 있어.'

'가만히?'

'근엄하게 폼만 잡고 있어.'

'그게 내 전문 분야다.'

근엄하게 폼 잡고 게으름 피우기.

그게 자신의 주특기 아니던가.

가만히 폼만 잡고 있었다. 당연히, 신희현의 마력 소모는 적었다.

어쨌든 강동훈은 입을 쩍 벌렸다.

"바람의…… 정령왕……?"

그는 정령왕을 처음 본다.

애초에 사람이 정령왕을 소환할 수 있는지조차 몰랐다.

그의 파트너인 '리엘'이 정령왕은 소환하는 거 아니라고 플레이어 초기일 때부터 얘기를 해왔기 때문이다.

강동훈의 눈이 약간 풀어졌다.

"아……."

뭐랄까. 황홀한 기분이다. 가득한 정령력이 느껴졌다.

신희현은 저도 모르게 피식 웃고 말았다.

'천성이 플레이어어네.'

가끔 저런 부류가 있다. 멀리 갈 것도 없이 바로 옆의 강민영도 그렇지 않은가.

플레이어가 되기 위해 태어난 사람들처럼, 플레이와 관련된 무언가를 보면 저렇게 매료되어 버리는 사람들.

강동훈도 그런 타입의 사람 같았다.

'초감각.'

강동훈의 표정만 봐도 알 수 있지만 한번 확인해 봤다.

[현재 상태: '신이 나 있는', '의욕 가득한']

강동훈의 성격이나 자세한 능력에 관한 것은 알지 못했었다. 갑자기 나타나서 혜성처럼 이름을 떨쳤다가 또 어느 순간 갑자기 사라져 버렸었으니까.

'아탄티아 던전도 열리지 않았고.'

아마 어느 정도 시간이 있을 거다. 그때까지 잠시.

"저와 함께 속성의 탑에 들어가 보시겠습니까?"

강동훈을 키워주기로 했다. 칸드는 일단 돌려보냈다.

그런데 신난 건 강민영이었다.

"오빠, 나도 같이. 같이 할래."

"……응?"

아니, 일단 우리 영화를 보러 가기로 했던 거 같은데.

사실 신희현은 영화에 별로 관심 없다. 애초에 그는 무슨 영화를 보는지 제목도 까먹고 있었다.

원래 그런 거다. 그에게는 영화가 중요한 게 아니라 강민영이랑 같이 보는 게 중요했으니까.

"불 정령술은 처음 본단 말이야. 나랑 속성도 같고. 응용에 있어서 많이 배울 수 있을 것 같아."

신희현은 어깨를 으쓱했다.

'나 참.'

이걸 좋아해야 할지 말아야 할지 도무지 감이 잡히지 않았다.

내 여자 친구는 플레이를 영화보다 좋아해요.

이런 상황이지 않은가.

'뭐…… 하여튼…….'

속성의 탑으로 향했다.

신희현은 이미 속성의 탑 11층을 클리어한 적이 있다.

"먼저 강동훈 씨의 객관적인 실력을 파악해 보도록 하겠습니다."

같은 자리를 계속해서 돌면 너비가 좁아지며 적절한 몰이를 통해 몬스터들을 한 공간에 밀어 넣을 수 있다.

몬스터 수십 마리가 한 공간에 모였다.

강동훈이 스킬명을 외쳤다.

"파이어 트랩."

불길이 피어올랐다. 신희현이 강동훈을 유심히 살폈다.

'하급 불의 정령……인 것 같다.'

정확하게는 모른다.

느껴지는 힘이 그 정도라서 그랬다.

'아니.'

하급 불의 정령 3개체를 소환했다.

3개체가 함께 움직이며 시너지 효과를 내고 있었다.

'마력 소모를 줄이면서 공간을 불로 빈틈없이 가득 채우고 있다.'

컨트롤 능력이 강유석과 비교해도 뒤처지지 않을 정도.

그러니까 과거 불의 제왕으로 불렸을 거다.

그런데 뭔가를 발견했다.

'3개체가 아니라…….'

3개체가 아니었다. 하나가 더 있었다.

최소 중급 이상의 정령도 소환되어 있는 것이 틀림없었다.

'중급. 아니면 상급이다.'

레벨이 레벨이니만큼 상급 정령을 소환했다 하더라도 이상할 것은 없었다.

다만 파괴력이 신희현이나 강민영만큼 나오지는 못했다.

'뒤떨어지는 힘을 컨트롤로 극복하고 있다.'

지금 강동훈이 펼친 불의 공간을 몬스터들은 빠져나오지 못하고 있었다.

'확실히 인재는 인재야.'

불의 정령왕을 소환할 수만 있다면 정말 큰 도움이 될 거다.

사상자도 많이 줄여줄 수 있을 거고.

'그리고…….'

신희현은 또 하나를 알아냈다.

강동훈에게 말했다.

"특수한 힘을 하나 가지고 있군요."

강동훈은 컨트롤에 집중하느라 대답하지는 못했다.

하지만 신희현의 말을 듣기는 똑똑히 들었다.

'특수한 힘……? 설마…….'

빛의 성웅이 뭔가를 파악한 것인가. 나를 한 번 본 것만으로?

아닐 거라고 생각했다.

신희현이 말을 이었다.

"이곳 몬스터의 능력치를 종합해 봤을 때, 지금쯤이면 강동훈 씨는 지쳐 있어야 정상입니다. 녹다운이 되었겠죠."

하지만 아니었다.

그 말인즉.

"마력 소모를 현저하게 줄여주는 아이템 혹은 스킬을 가지고 있다는 뜻입니다."

강동훈의 몸이 움찔했다.

신희현이 눈짓으로 강민영에게 말했다.

이 정도는 굳이 말로 안 해도 다 알아듣는다.

강민영이 스킬명을 말했다.

"불 폭풍!"

불의 정령술과 불 속성 마법이 더해졌다. 더군다나 강민영의 레벨은 500에 거의 근접한 상태. 몬스터들을 쉬사리 잡을 수 있었다.

강동훈이 거친 숨을 몰아쉬었다.

"헉…… 헉……!"

신희현이 계속 말을 이었다.

강동훈이 잘 모르는 얘기를 했다.

"소환사의 비술을 가졌거나…….

신희현은 강동훈의 심리 상태를 단박에 파악했다.

이건 아니었다. 잘못 짚었다.

뭐, 아니면 말고. 소환사의 비술이란 거. 알려져도 어차피 상관없는 거니까.

아니, 오히려 공략의 방을 통해 알리려고 했다. 이런 게 있으니 익힐 수 있으면 반드시 익히라고 말이다.

"그게 아니라면 칼리아의 반지를 가지고 있겠죠."

현재 신희현은 초감각을 활성화하고 있는 상태.

[현재 상태: '깜짝 놀란']

그랬다. 역시 칼리아의 반지였다.

지금 신희현이 가지고 있는 이 칼리아의 반지와 똑같은 아이템을 가지고 있는 것 같았다.

'그렇다면 내가 빼앗은 게 아니라는 소리인가.'

똑같은 아이템이 두 개 이상 존재하는 것은 흔한 일이다.

그런데 칼리아의 반지쯤 되는 아이템은 거의 발견되지 않는다.

그런 의미에서 신희현은 원래대로라면 강동훈이 가져야 할 아이템을 자신이 빼앗았다고 생각했다. 그런데 그런 건 아닌 모양이다.

강동훈은 놀랐다. 놀란 걸 넘어서서 두렵기까지 했다.

"그걸 어떻게……."

"몬스터들의 능력치와 강동훈 씨의 현재 상태를 보면 파악이 가능합니다. 강동훈 씨의 능력은 정령의 숫자와 컨트롤 능력, 그리고 몬스터들의 체력과 방어력 등을 통해 충분히 유추 가능합니다. 그걸 통해 강동훈 씨의 마력을 짐작할 수 있습니다. 제게 제대로 대답할 수 없을 정도로 컨트롤에 집중을 요했죠. 그러한 사항들을 종합적으로 살펴보면 충분히 칼리아의 반지를 유추할 수 있습니다."

"……놀랍습니다."

"길잡이잖아요. 이 정도는 다들 합니다."

물론 아니다. 그렇다기보다 과거의 기억이 있어서 그렇다.

그때 리엘은 고개를 갸웃했다.

'저 언니, 왜 저러지?'

그녀는 천족이다. 천족에 대해 잘 안다. 그녀의 눈에 비친 건 엘렌이었다. 리엘은 또 고개를 갸웃했다.

'응? 리엘이 잘못 봤나?'

방금 저 천족 언니가 웃은 것 같은 기분이 드는데. 그것도 좀 사악한 웃음 같은 기분이었는데. 아닌가.

'무표정인데.'

리엘은 아무도 보지 않는데 혼자서 결론을 내리고 고개를 끄덕거렸다.

'리엘이 잘못 봤나 봐. 저 언니 엄청 무표정이야.'

그 순간 엘렌은 이미 깨닫고 있었다.

지금 자신의 파트너 빛의 사기꾼, 아니, 빛의 성웅이 뭔가 사기를 치고 있었다. 아주 그럴듯하게 말이다.

속성의 탑 11층을 클리어하고 집으로 돌아온 신희현은 뭔가를 떠올렸다.

'그냥 단순한 수련만으로는 강동훈의 각성을 도울 수 없을 것 같다.'

그럴 것 같은 느낌이 든다.

자신이 앰플러스 네임 초월자를 얻어서 벽을 뚫어냈듯, 강동훈에게도 뭔가가 필요할 수 있다는 생각이 들었다.

하지만 신희현은 그걸 잘 모른다. 강동훈에 대한 정보가 없었으니까.

'어떻게든 불의 정령왕을 소환시킬 수 있으면…… 그걸 단 몇 분이라도 유지할 수 있으면 큰 도움이 될 텐데.'

당장은 방법을 알 수 없었다.

우연의 일치일까.

그날 밤, 그에게 누군가가 찾아왔다. 더 정확히 말하자면 천장에서 떨어져 내렸다.

누군가 제삼자가 근처에서 봤다면 그림자가 떨어져 내리는 것처럼 보였을 것이다.

은신과 기민한 움직임에 굉장히 능한 플레이어였다.

"제발 도와주세요."

신희현은 놀라지 않았다. 이미 자신에게 다가오고 있다는 것을 알고 있었으니까.

기척만 알고 있는 게 아니었다. 얼굴 역시 익히 알고 있는 여자였다.

신희현이 말했다.

"또 이런 식으로 만나는군요."

2장
대도와 도적

신희현을 찾아온 사람은 다름 아닌 도적 임설희였다.

　과거, 최성일과 같은 시간대에 신희현의 집에 침입하였다
가 루시아에게 혼쭐이 났었던 플레이어.

　흔치 않은 데다가 보통의 플레이어들이 전혀 반기지 않는
도적 클래스를 연마하고 있는 플레이어다.

　'임설희가 나를?'

　그때 임설희에게 나름대로 은혜를 베풀기는 했었다.

　대도 최성일과 임설희는 은혜를 갚을 줄 아는 도적이었으
니까.(반대로 그림자 소속 강찬의 경우는 고구려와 협상할 때 패로 써먹었었
다. 현재 강찬의 신변은 신희현도 모른다.)

　"뭘 도와달라는 겁니까?"

솔직히 이건 예상하지 못했던 상황이다.

도적 임설희는 자존심이 굉장히 강하고 도도하다고 알려져 있었다. 어지간해서는 다른 사람에게 도움을 요청하지 않았다.

"성일 씨를 구해주세요."

"최성일 씨를?"

어라, 일이 묘하게 돌아갔다.

대도 최성일.

집에 몰래 숨어들어 가서 싸구려 아이템을 선물하고 나오는 괴상한 도둑.

최상위급 플레이어들 사이에서는 꽤나 유명한 이름이다.

더 정확히 말하자면 '최성일'이 아니라, '대도'라는 이름으로 알려져 있는 상황이다.

'임설희는…… 내가 최성일에 대해 알고 있다는 것을 알고 있네.'

과거에도 임설희가 최성일과 함께 행동했었나?

그건 알 수 없었다. 그런데 임설희의 입에서 이상한 말이 흘러나왔다.

"빛의 성웅께서는 알고 계실지 모르겠지만……."

엘렌은 생각했다.

당신이 무엇을 말하든, 무엇을 상상하든 신희현 플레이어는 그 이상을 보고 있을 겁니다. 그건 이미 제가 너무나 잘 알고 있습니다. 충격받지 마십시오.

이러한 조언을 마음속으로 했다.

임설희가 말을 이었다.

"저희는 히든 퀘스트라는 것을 수행하고 있습니다."

"……뭐라고요?"

엘렌은 자신의 귀를 의심해야만 했다. 저 빛의 사기꾼 입에서 '뭐라고요?'라는 말이 나왔다. 믿을 수 없었다. 저 플레이어가 모르는 게 이 세상에 있었단 말인가.

"예, 히든 퀘스트 입니다. 저와 성일 씨만 공유하고 있습니다."

임설희가 말을 하는 모양새로 보아, 임설희와 최성일은 단순히 퀘스트를 함께 클리어하는 동료 이상처럼 보였다. 아마도 연인 관계이리라 짐작했지만 지금 그것을 묻지는 않았다.

'히든 퀘스트라고?'

히든 퀘스트.

신희현도 지금 하나 클리어해 나가고 있다.

고대 유적, 고대 동굴, 고대 신전.

벌써 '고대' 던전을 세 개나 클리어했다.

난이도는 최상 수준.

과거의 지식과 경험이 없었다면 레벨이 높다는 것만으로는 절대로 클리어할 수 없는 수준이었다.

"히든 퀘스트를 몇 개나 클리어했습니까?"

"이번이 3개째예요."

"임설희 씨는 탈출한 거고?"

"둘 중에 한 명만 탈출할 수 있었어요."

"두 플레이어가 함께 클리어를 진행해 왔던 겁니까?"

"예."

임설희의 눈에 눈물이 가득 고였다. 도도하다고 알려져 있던 임설희의 눈에서 눈물을 보는 건 새롭기까지 했다.

"혹시 공통된 키워드가 있었습니까?"

"네, 있었어요. 세 개의 던전이 모두 방향과 관련된 이름이었어요."

서북쪽 봄의 던전, 남동쪽 절벽, 그리고 이번에는 서쪽 바위산이란다.

'어라.'

신희현은 뭔가를 하나 깨달을 수 있었다.

'방향?'

예전 임설희에게 얘기했었다.

시립 서북병원으로 가라고. 그곳에 인연이 있을 거라고.

사실 신희현도 그것에 대해서는 잘 몰랐다. 임설희와 개인적인 친분이 있었던 게 아니니까.

그저 세상에 알려진 유명한 얘기를 원래 당사자인 임설희에게 전해 줬을 뿐이다.

'거기서부터 시작이었나?'

그럴 가능성이 높다.

'방향과 관련된 던전이라.'

자신이 클리어하고 있는 던전은 고대와 관련된 신전.

'그렇다는 말은.'

어쩌면 최상위급 중에서도 어떤 특별한 기회를 잡은 플레이어들은 신희현 자신이 파악하지 못한 히든 던전들을 클리어해 나가고 있을지도 모를 일이다.

'생각보다 스케일이 커지는데.'

평화의 섬을 클리어하면서 몇 가지 의문점이 생겼었다.

거기에 더해 과거부터 줄곧 이상하게 생각해 오던 고대 던전들.

'여기에 다른 플레이어들조차 히든 던전을 클리어하고 있었다고?'

아마도 김상목이나 최용민처럼 잘 알려진 플레이어는 아닐 가능성이 높았다. 그랬다면 자신의 눈에 포착되었을 거다.

'그러면 김소라나 강동훈 역시 자신만의 어떤 히든 퀘스트를 클리어해 나가고 있던 건가?'

그렇다면 약간의 실마리가 풀리는 셈이 된다.

갑자기 나타나 강력한 힘을 내보였던 대표적인 플레이어들.

'과거에도, 심지어 최상위급 플레이어들조차도 히든 퀘스트의 존재를 몰랐어.'

어쩌면 자신에게 그 정보를 공유하지 않았을 수도 있다.

그 가능성도 열어두는 게 좋았다.

'히든 퀘스트라.'

임설희가 자신에게 찾아왔을 때 이미 답은 정해져 있었다.

"제가 돕겠습니다."

신희현은 팀을 불러 모았다.

"우리 전력이면 충분히 가능할 거야."

던전에 대한 대략적인 설명은 들었다. 임설희의 설명을 통해 이미 공략법은 머릿속으로 생각해 났다.

신희아가 물었다.

"위험하지 않을까?"

신희현은 임설희를 힐끗 쳐다봤다.

임설희는 지금 굉장히 급박해 보였다. 톡 건드리기라도 하면 터져 버릴 것이 분명한 풍선 같은 느낌이었다.

'마음의 빚은 많이 지워놓을수록 좋은 거지.'

대도 최성일이라면 적어도 죽지는 않았을 거다. 그는 지금 어딘가에 몸을 숨기고 연명하고 있을 거다.

최성일과 임설희가 이토록 깊은 관계일 거라고는 생각하지 못했지만.

하여튼 최성일이 임설희를 내보낸 것은 임설희를 완전히

신뢰하고 있다는 거고, 임설희가 신희현에게 찾아갔을 거라 확신했을 거다.

'최성일은 비상한 머리를 가지고 있으며 은신에 능해.'

최성일은 계산에 능한 자다.

'그는 내가 자신을 구하러 올 거라 예상하고 있겠지.'

신희현은 그것을 이미 알고 있다.

수많은 최상위급 플레이어의 저택에 침입하여 유유히 아이템을 선물(?)하고 메모를 남기고 나왔다.

그러면서도 단 한 번도 제대로 잡힌 적이 없다. 일반적인 머리로는 절대로 안 되는 일이다.

'그렇다면 적어도 목숨은 연명하고 있을 테고.'

엘렌은 묻고 싶었다.

'정말로 위험하다고 생각하시는 겁니까?'

그녀는 이제 신희현의 표정을 읽을 수 있는 경지에 이르렀다. 겉 다르고 속 다른 빛의 사기꾼의 모습을 하도 많이 봐왔기 때문이다.

엘렌이 보건대 신희현은 하나도 위험하지 않다고 생각하고 있는 것이 확실했다.

그 말은 사실이었다.

'난이도 자체는 아주 쉬워.'

임설희가 무사히 빠져나왔다.

그리고 여태까지 앞선 두 개의 던전, '방향'과 관련이 있는 두 개의 던전을 단둘이서, 그것도 도적 클래스 두 명이 클리어를 해왔다.

인원 제한이 있는 던전도 아니었다. 다만, 이 둘이 둘만의 비밀 퀘스트로 유지하고 있어서 세상에 드러나지 않았을 뿐.

'도적 둘이서 클리어할 수 있는 연계형 퀘스트라면······.'

그러면 쉽지 뭐.

하여튼 빛의 성웅 팀이 '서쪽 바위산'으로 향했다.

서쪽 바위산.

임설희의 말대로 인원의 제한은 없었다. 빛의 성웅 팀이 서쪽 바위산에 진입했다.

전체적으로 사막의 형태를 띠고 있었는데 중간중간 바위가 굉장히 많았다. 바위산이라기보다는 모래밭에 바위가 올려져 있는 형태에 가까웠다.

신희현이 주위를 훑었다.

'바닥은 모래.'

이동 능력에 제한을 가져올 것이다.

'바위는 엄폐물.'

도적들의 전용 던전은 아닌 것 같지만, 도적들이 클리어하기 유리한 던전인 것은 틀림없었다.

신희현은 단 한 번에 던전의 형태를 파악했다.

"여기저기서 무작위 공격이 날아드는 형태군요."

무작위처럼 보이기는 하지만 분명 어떠한 규칙을 가진 공격이 날아들 거다.

임설희가 말했다.

"네……. 은신을 제대로 하지 못하면 트랩이 발동해요."

"트랩의 형태는?"

"뭐라고 말해야 할지 모르겠어요. 허공에서 레이저 같은 것이 발사돼요."

"흠."

"저희도 간신히 통과했어요."

사실 임설희는 지금 무서웠다. 혹시라도 최성일을 잃게 될까 봐 마음이 급했다.

하지만 급하다고 아무렇게나 움직일 수는 없었다. 트랩에 잘못 걸렸다가는 그를 구하러 가기도 전에 죽고 말 테니까.

레이저 공격과 비슷한 그것은 상당히 위협적이었다. 크리티컬 샷이라도 떴다가는 즉사할 수도 있는 수준.

신희현이 다시 한번 물었다.

"간신히 통과했다는 건, 공격을 허용했다는 뜻입니까?"

"살짝 스쳤어요. 크리티컬 샷이 뜨면 즉사할 수도 있어요."

"발동 조건은?"

"발자국이 남으면 그 즉시 공격해요. 거의 동시라고 보면 돼요."

"그렇군요."

임설희는 속이 까맣게 타들어 갔다.

'도대체 어쩌려고…….'

당장에라도 신희현에게 빌고 싶다. 빨리 어떻게든 해달라고. 슬프게도 그녀가 할 수 있는 거라곤 그거밖에 없었으니까.

'사람이 너무 많아.'

빛의 성웅이 판단을 잘못한 것 같다. 이만한 대인원이 제대로 움직일 수 있을 리 없다. 이러한 트랩이 있는 곳은 소규모 정예 인원이 빠르게 지나가는 것이 낫다.

'제발…… 제발……. 어떻게 좀……. 이 인원은 차라리 여기 대기시키는 게 좋을 거라고요!'

차마 따지지 못하고 발만 동동 굴렸다.

길잡이인 신희현을 제외하고 다른 인원들은 발자국을 남기지 않을 수는 없을 거다.

빛의 성웅도 그걸 알고 있을 텐데.

신희현은 아까 생각했던 공략을 실제로 옮기기로 했다.

"클리어를 진행합니다. 희아, 둠 프로텍터 준비해. 개별 솔로잉 실드도."

"옛썰!"

그리고 신희현은 마틴을 소환했다.

"마틴."

마틴이 모습을 드러냈다.

"안녕하십니까, 형님!"

신희현이 교감을 통해 명령을 내렸다.

마틴은 차렷 자세를 취하며 '알겠습니다, 형님. 맡겨만 주십시오, 형님!'이라면서 앞서서 걸어가기 시작했다.

임설희는 저도 모르게 손을 내뻗었다.

"아, 안……."

안 돼! 위험해!

라고 말하려고 했다.

저렇게 무식하게 걸어갔다가는 순식간에 시체가 되어버리고 말 거다.

소환 영령은 죽지 않고 역소환된다고 하지만, 그렇게 되면 소환 영령의 충성도가 현저하게 낮아진다고 들었던 기억이 있다.

신희아의 목소리가 들려왔다.

"둠 프로텍터! 솔로잉 실드!"

그와 동시에.

"덤빌 테면 덤벼봐랏!"

마틴의 우렁찬 사자후가 터져 나왔고.

붉은색 레이저 다발이 마틴을 향해 쏟아지기 시작했다.

임설희는 말도 안 된다고 생각했다.

어째서 이렇게 무식한 방법을 쓰는 걸까? 소환 영령의 충성도를 버려가면서까지.

……라고 생각했는데 그 생각은 완전히 틀렸다.

'형님, 이거 간지럽지도 않습니다.'

'어느 정도지?'

'둠 프로텍터 때문에 제대로 파악 어렵습니다. 정 뭣하면 손등 정도에 한번 맞아볼까요?'

신희현이 허가했다.

"희아, 둠 프로텍터 반경 줄여. 저 공격의 대미지를 확인할 거야."

그리고 마틴이 손등에 공격을 맞아봤다.

'음, 뭐. 따끔따끔합니다.'

교감을 통해 정확하게 느껴진다. 따끔따끔하면서 간질간질한 정도.

"희아, 둠 프로텍터 완전히 없애고 멀티 실드."

"멀티 실드!"

각자의 몸에 푸르스름한 막이 둘러졌다.

"이동한다."

신희현이 먼저 발걸음을 옮기기 시작했다.

마틴이 앞서 걸어가며 어그로를 끌었다.

대부분의 공격이 마틴에게 집중됐다.

마틴은 마치 정신 나간 사람처럼 웃다가.

"그, 그곳은 영 좋지 못해!"

라면서 계속해서 낄낄거렸다.

계속해서 맞다 보니 어딘가가 많이 간지러운 모양이었다.

임설희는 이 상황을 믿을 수 없었다.

실드를 몸에 두른 상태로 그냥 공격을 맞으면서 지나갈 줄은 몰랐다.

'저러다 실드가 풀리면 어쩌려고……?'

저렙과 고렙의 차이다.

사실상 임설희도 나름 고수 축에 속한다고는 할 수 있으나, 신희현은 일반적인 플레이어들과는 다른 길을 걸어왔다.

임설희는 빛의 성웅 팀이 레이드 하는 것을 단 한 번도 본 적이 없다.

그래서 충격은 말로 다 할 수 없을 정도였다.

임설희가 경험한 세상과 신희현이 경험한 세상이 달라도 너무 달랐다.

그녀는 이런 식의 클리어 방식, 생각조차 한 적 없었다.

듣도 보도 못한 클리어 방법이었다.

'미친…….'

미쳤다.

미쳤지만 좋게 미쳤다.

뭐가 어찌 됐든 최성일만 구할 수 있으면 되는 것 아니겠는가.

계속해서 앞으로 걸어가자 사막이 끝났다.

눈앞에 바위산 하나가 보였다. 높이가 수백 미터쯤 되는 것 같았다.

신희현이 어깨를 으쓱했다.

"자, 그러면······."

가장 중요한 것부터 해보실까.

"유석아."

"알겠습니다."

강유석이 힘을 끌어올렸다.

"임설희 씨, 놀라지 마세요."

놀라지 말라고 했는데 놀랄 수밖에 없었다.

강유석이 힘을 끌어올렸다.

"폭포수."

하늘에서 이내 비가 쏟아져 내리기 시작했다.

임설희는 입을 쩍 벌렸다.

'이, 이건······.'

이건 비가 아니었다. 비라고 할 수 없었다.

상상도 할 수 없을 만큼 거대한 양동이를 가지고, 하늘에 있는 어떤 거인이 물을 쏟아붓는 것 같았다.

하늘로부터 강이 흘러내리는 것 같았다.

'이, 이런 게 가능해······?'

신강철이 강유석을 도왔다.

"마나 차징!"

신희현이 말했다.

"이미 알고 계시겠지만 유석이는 정령사입니다."

"……예."

"정령사의 물은 마법으로 구현한 물과는 다릅니다. 물 자체가 하나의 생명을 가지고 있습니다. 그렇기 때문에 저희는 이 물의 영향으로부터 완전히 자유롭습니다."

물론 아닌 경우도 있다.

저번처럼 강유석이 이성을 잃는 경우, 물의 정령왕 엘드에게 모두를 죽이라고 명령을 내렸었다면 그 물은 더 이상 안전한 물이 아니게 됐을 것이다.

신희현이 말을 이었다.

"물은 위에서 아래로 흐릅니다."

지극히 당연한 말을 했다.

"저 바위산 위에서 아래로 물이 흐릅니다. 그리고 그 물은 곧 정령사의 눈과 귀가 됩니다."

"아……."

임설희는 이제야 알 수 있었다. 저토록 방대한 물을 뿜어낸 이유는 최성일을 찾기 위해서였다.

이런 식으로 탐색을 한다는 건 처음 보지만, 아니, 알았다 하더라도 가능한 사람이 몇 없겠지만 어쨌든 많이 놀랐다.

"만약 물이 닿지 않는 곳에 있다면."

그런 상황이라면.

"그땐 바람의 정령이 움직일 겁니다."

물이 닿지 않는 곳, 그곳들을 중점적으로 바위산을 수색하면 금방 찾을 수 있을 거다.

임설희는 희망을 가졌다.

'이 사람들이라면……'

사람들이 왜 빛의 성웅 팀이 그렇게 대단하다고 말을 하는지, 직접 보니까 더욱 잘 알 것 같았다.

'성일 씨, 조금만 기다려요. 반드시 구해줄게.'

최성일은 고립된 상태.

"제길……"

그나마 안전한 곳을 찾아냈다. 깊은 동굴이다. 그 안에는 몬스터도 없었고 몸을 숨기기에 굉장히 좋은 조건을 가지고 있었다.

다행히 놈은 이곳을 발견하지 못하는 것 같았다.

"지치지도 않는 괴물이라니."

공략의 방에서 공략을 본 적이 있다. 아무래도 놈은 '황금 골렘'과 비슷한 형태의 몬스터임에 틀림없었다.

그러한 형태의 몬스터는 에너지를 부여하는 마력석을 부수면 죽어버린다고 했다.

"씨팔, 공략을 알면 뭐해?"

공략을 알면 뭐한단 말인가.

그놈의 마력석이란 게 당최 어디에 숨어 있는지 모르겠다.

"아니, 안다 쳐도."

애초에 거기까지 가는 게 불가능하다.

이 빌어먹을 몬스터는 어떻게 된 것이 자신의 은신을 너무나도 잘 알아차렸다.

은신이고 뭐고 소용없었다.

그 마력석이란 걸 찾으면 거기까지 이동을 해야 하는데, 그럴 수 없었다. 왜냐하면 놈의 이동 속도가 너무 빨랐으니까.

몸집은 약 5미터 정도 되어 보인다. 그런데 그 커다란 몸집을 가지고도 전속력으로 달리는 자신보다 빨랐다.

"도대체 어떻게 하면 좋지?"

설희는 밖으로 잘 나갔겠지.

들어온 인원의 50퍼센트까지는 밖으로 탈출할 수 있었다. 그건 그가 경험한 세 개의 히든 던전 모두가 그랬다.

다행히 앞선 두개의 던전을 클리어할 때에는 누군가 먼저 탈출한 적이 없었다. 임설희와 힘을 합쳐 잘 클리어해 왔는데, 이번에는 외부의 도움을 요청할 수밖에 없었다.

"설희는…… 돌아올 거야."

만약 돌아오지 않는다면?

"그러면 나는 그냥 죽겠지."

며칠째 혼자 있다 보니 혼잣말이 많이 늘었다.

지금은 아예 밖으로 나가지 않는 중이다. 밖으로 나가봤자 체력만 떨어질 것이 틀림없다.

놈은 자신이 동굴 밖으로 나가는 순간 귀신처럼 모습을 드러낼 거다.

"보고 싶네."

이럴 줄 알았으면 차라리 밖으로 내보내지 않을 걸 싶었다. 왜냐하면 지금 너무 보고 싶었으니까.

"차라리 안 돌아오면 좋을 것 같기도 하고."

두 가지 마음이 싸웠다.

클리어할 수 없을 것만 같은 이 던전을 함께 클리어하고 싶다는 마음.

그래서 또 같이 얼굴 보고 살고 싶은 마음.

그리고 그냥 돌아오지 않으면 좋겠다는 마음.

"정말로 빛의 성웅을 데려온다면 얘기는 달라질 수도 있겠지만……."

애초에 그녀와 자신은 빛의 성웅에게 빛을 진 상태.

무단으로 집을 침입했었는데 빛의 성웅은 그걸 용서하고 선물까지 베풀었다.

임설희에게는 단서를, 자신에게는 '월영보'를.

"어라?"

밖에서 비가 오는 것 같았다.

동굴 입구까지 조심스레 나가봤다.

그러나 더 이상은 가까이 접근할 수 없었다. 이 이상 밖으로 나가면 그 골렘 놈은 또 자신의 기척을 눈치채고 입구를 틀어막을 수도 있다.

그러면 정말 끝이다.

"아, 목마른데."

수통을 탈탈 털어봤다.

물 몇 방울이 나오기는 했지만 갈증을 해결하기엔 역부족이었다.

"앞으로 잘 버티면 3일."

잘 버텨봐야 3일이다.

그렇게 따지면 온전한 체력으로 도망치든, 뭘 하든 할 수 있는 기간은 하루뿐이다.

"3일을 안전하게 기다리느냐⋯⋯. 도박을 하느냐."

둘 중에 하나다. 지금 나가면 희박한 확률이지만 클리어를 진행할 수 있다.

설희가 3일 내에 돌아올 확률이 높기는 하지만, 그 3일 내에 돌아오지 않는다면 자신이 정말로 위험해질 거다. 탈수가 심해질 테니까.

"이럴 줄 알았으면 히든 퀘스트 공유하고 플레이어들과 함께 움직이는 게 나을 뻔했어."

첫 번째 관문이었던 사막을 통과하면서 다리를 다쳤다. 때문에 월영보를 완벽하게 구사할 수 없었다.

그게 사실 지금 상황에 놓이게 된 가장 큰 이유였다.

그는 결국 결정을 내렸다.

"……기다리자."

나간다고 해도 체력만 소모할 확률이 너무 높다.

지난 시간, 같은 방법을 많이 써봤다.

"이제는 설희에게 모든 걸 맡겨야 해."

몇 차례 폭우가 쏟아진 뒤, 주위는 조용해졌다.

졸려왔다. 극한의 긴장 상태로 너무 오랫동안 깨어 있었다. 최성일은 저도 모르게 잠들고 말았다.

강유석은 5번 정도 시도해 본 뒤 고개를 저었다.

"찾을 수 없었습니다."

신희현이 고개를 끄덕였다.

"일반적인 장소에 있지는 않다는 거네."

임설희가 입술을 꽉 깨무는 것이 보였다.

아마도 눈물이 차오르는 모양인데, 그것을 억지로 참고 있는 것 같았다.

신희현은 저 마음을 아주 잘 안다. 강민영이 속성의 탑 11층에 갇혔다는 소식을 들었을 때 딱 저런 마음이었다.

강민영도 저 마음을 아주 잘 알고 있는지 표정이 어두웠다.

"그래도 좋은 거지."

"……."

임설희는 아주 약간의 희망을 담아 신희현을 쳐다봤다.

그의 입에서 무슨 말이 나올지 긴장하며 기다렸다.

뭐가, 어떻게 좋다는 건지 몰랐으니까.

"이 정도라면 비가 온다는 것 정도는 알아차렸을 겁니다."

"……."

저 안에 있다면 말이다.

더 정확하게 말하자면, 저 바위산 안에 살아 있다면.

신희현은 제삼자의 입장이다.

임설희보다는 훨씬 더 정확하고 객관적인 시선을 가지고 상황을 파악했다.

'살아 있을 거다.'

절대로 쉽게 죽을 플레이어는 아니다.

"그런데 물을 향해 움직이지 않았습니다. 그가 가진 물의 양이 그렇게 많지 않다고 했었잖아요."

그렇다는 말은 곧.

"물이 있는 곳을 향해 움직이지 않고 있다는 뜻입니다. 정말로 목이 말라 죽기 일보직전이라면 그럴 수 없었겠죠. 이성이 본능을 억누르고 통제할 수 있는 상태라는 소리입니다."

이곳까지 오면서 들었던 임설희의 말을 종합해서 판단을

내린 거다.

"아마도 빗물이 통하지 않는 동굴 같은 곳 어딘가에 몸을 숨기고 체력을 비축하고 있는 상태입니다. 움직임을 최소화하고 있겠죠."

만약 최성일이 조금 더 대담하고 조금 더 노련하다면.

"잠을 자면서 휴식을 취하고 있을 수도 있겠죠."

엘렌은 말하고 싶었다.

그건 빛의 성웅만 가능한 겁니다. 절벽에 나무 막대 몇 개 꽂아 넣고 거기서 태연스레 잠을 자는 플레이어는 흔치 않습니다.

엘렌은 그렇게 말하고 싶었고, 임설희는 희망을 가졌다.

'성일 씨는 분명 살아 있어.'

어딘가에 분명. 그럴 거다. 골렘을 피해서 말이다.

신희현이 말했다.

"원더 소환."

원더가 소환됐다.

어제나 오늘이나 위대한 업적을 갈구하고 있는 원더는 또 자못 비장한 얼굴로 모습을 드러냈다.

'사람을 찾아.'

'위대한 계약자입니까?'

'응?'

아니, 그런 건 아니고.

'도둑이야.'

윈더는 한동안 말을 잇지 못하다가 물었다.

'어떤 도둑입니까? 정령왕의 보물을 훔치기라도 했습니까?'

그래, 그 정도 되면 찾을 맛도 나지 않겠는가.

'그런 건 아냐. 하여튼 중요한 일이니까 찾아봐.'

'……검색 반경은 어떻게 됩니까?'

'저기 바위산 전체.'

교감을 통해 정보를 전했다.

물이 닿지 않을 만한 곳.

윈더는 고개를 끄덕였다.

'이것 역시 위대한 업적의 일환이다.'

자신이 모르는 어떤 원대한 계획이 있을 거라고 생각했다.

그게 정말로 위대한 업적의 일부가 될지는 몰랐지만.

신희현이 씨익 웃었다.

"자고 있습니다."

임설희가 그 말을 듣는 순간 바닥에 주저앉았다. 그동안 억지로 참아 눌러왔던 눈물이 쏟아져 내렸다.

그 마음을 통감하고 있는 강민영이 그녀를 안아줬다.

임설희는 펑펑 울면서 강민영에게 안겼다.

'임설희에게 저런 모습이 있을 줄이야.'

과거 임설희를 아는 플레이어들이라면 절대로 상상할 수 없는 모습일 것이다.

"그런데 상태가 그렇게 좋지만은 않군요. 많이 지친 것 같습니다."

아무래도 선택해서 잔 게 아니라, 저도 모르게 잠들어버린 것 같았다.

"추측해 보건대, 그의 판단은 훌륭했습니다."

그랬다. 주변 상황, 지난 시간 모든 것을 종합하여 살펴보면 그의 판단을 추론할 수 있다.

"임설희 씨를 믿고 저 안에서 체력을 비축하며 기다렸습니다. 만약 임설희 씨가 오지 않을 거라 생각했다면 저렇게 기다릴 수 없었겠죠."

"……."

임설희는 펑펑 울다가 일어섰다.

"이 은혜는 죽어서도 잊지 않을게요."

신희현이 어깨를 으쓱했다.

나도 그러길 바랍니다.

속으로만 말했다.

최성일과 임설희는 강찬과 다르게 믿을 만한 도둑 클래스를 가진 플레이어들. 분명 언젠가는 도움이 될 거다.

"위치는 동굴. 제가 안내하겠습니다. 바위산에 들어가

면…… 놈이 나타난다고 했죠?"

"……네."

"알겠습니다."

신희현이 말했다.

"나랑 유석이만 움직일게. 일단 최성일 씨부터 구하고, 클리어는 그다음에 생각해 보자. 임설희 씨도 여기서 기다리세요."

"하, 하지만……!"

"임설희 씨가 같이 가도 도움이 안 됩니다."

"……."

임설희는 말을 잇지 못했다. 결국 고개를 끄덕였다.

"꼭 구해주세요……. 은혜는 절대로 잊지 않을게요."

신희현과 강유석이 바위산 안으로 들어갔다.

신희현은 뭔가 이상함을 느꼈다.

"유석아."

"네."

"너는 돌아가."

"……예?"

"당장 급한 대로 쓸 수 있는 물은 내가 가지고 있어. 최성일 씨를 구하는 건 나 혼자로도 충분할 것 같아."

강유석은 신희현을 쳐다봤다.

신희현이 아무런 이유도 없이 저렇게 말하지는 않을 것을 알고 있다.

신희현의 다음 말을 기다렸다.

신희현이 강유석에게 뭔가를 얘기했다.

"……알았어요, 형. 조심하세요."

강유석이 몸을 돌려 왔던 길 그대로 되돌아갔다.

얼마 뒤 신희현의 초감각에 뭔가가 걸렸다.

'최성일을 찾았다.'

동굴이 보였다. 동굴 안으로 들어갔다.

최성일은 아직까지도 잠들어 있는 상태였다.

신희현은 그 옆에 주저앉았다.

1시간 정도가 흘렀다. 일부러 깨우지 않고 기다렸다. 지쳐 보이기는 했으나 생명이 위급한 상태는 아니었으니까.

최성일이 으악! 비명을 지르며 벌떡 일어섰다.

신희현이 말했다.

"일단 물부터 마셔요."

"다, 당신은……? 서, 설마 빛의 성웅님?"

신희현이 어깨를 으쓱했다.

"천천히. 마시면서 내가 하는 얘기 잘 들어요. 지금부터가 중요하니까."

3장
서쪽 바위산

이곳, 서쪽 바위산의 클리어 조건은 '골렘을 처치하라!'다.
골렘을 처리하면 이곳의 클리어가 진행되는 것 같았다.

신희현이 말했다.

"골렘이 나타난다고 했죠?"

그 순간 최성일은 알 수 있었다.

빛의 성응은 여기까지 오면서 단 한 번도 골렘과 마주치지
않은 것 같았다.

그만큼 완벽하게 기척을 죽였다는 소리인가.

"네, 빠르고 강합니다."

"골렘을 어떻게 상대하는지 최성일 씨도 알고 있을 겁니다."

"핵을 파괴하면 된다고 들었습니다."

"그렇다면 우리가 할 일도 아시겠군요."

"……."

핵을 찾아서 파괴하면 된다.

말은 쉽다. 그런데 핵이 도대체 어디에 숨겨져 있단 말인가.

그걸 찾아내려고 했지만 핵을 찾을 시간도 없이 골렘이 쫓아와서 도망칠 수밖에 없었다.

아예 이 동굴 밖을 나가는 것 자체가 지금 그의 실력으로는 힘들었다.

"골렘의 핵은 골렘과 어떤 식으로든 연결이 되어 있습니다. 보통의 경우 높은 곳에 위치합니다. 마력 공급을 원활하게 하기 위해서."

고대 유적에서도 그랬다.

높이 솟은 첨탑 같은 곳에 숨겨져 있었다. 엘렌이 그걸 찾아냈었고.

"물의 정령으로도 바람의 정령으로도 찾아내지 못했죠."

특수한 어떤 힘으로 보호를 받고 있을 확률이 높았다. 정령이 발견할 수 없도록 말이다. 이런 경우 길잡이가 직접 나서서 찾아야 했다.

"뭐, 어딘가에는 분명 숨겨져 있을 겁니다."

"……."

최성일도 다 아는 얘기였다.

"쉽죠?"

쉬웠으면 제가 여기 이러고 있었겠습니까.

최성일은 말하지 못했다.

그러다가 이내 황급히 정신을 차렸다.

"감사합니다. 저를 구하러 와주셔서."

"사람의 생명보다 귀중한 게 뭐가 있겠어요?"

신희현의 미소를 본 엘렌은 직감했다.

저 사기꾼, 또 사기를 치고 있다.

최성일은 굉장히 감동한 듯한 얼굴로 신희현을 쳐다봤다.

"빛의 성웅이 왜 성웅이라 불리는지 알겠습니다."

엘렌의 입가가 꿈틀거렸다.

'은혜를 두 배로 갚으십시오.'

어쨌든 신희현과 최성일은 동굴 밖으로 나갔다.

주위의 흙과 모래, 그리고 바위들이 이리저리 구르는가 싶
더니 이내 모여들기 시작했다.

신희현은 흥미롭다는 듯 그 광경을 지켜봤다.

"호오."

"그럴 때가 아닙니다. 놈은 힘이 막강한 데다가 빠르기까
지 합니다."

지금이 골든타임이다. 골렘이 완전히 생성되기 전, 이때

도망치는 게 좋았다.

"그렇죠. 막강하고 빠른 몬스터죠."

"네, 지금 빠르게 움직여야 합니다."

신희현은 흥미롭다는 듯 계속 앞을 쳐다봤다.

"몬스터인데……."

"……예?"

"몬스터인데 일렁임이 발생되지 않아요."

원래 몬스터가 나타날 때에는 일렁거리는 현상이 발생한다. 그건 신희현이 경험했던 모든 세계의 공통적인 사항이다. 심지어 최후의 던전에서도 그랬다.

'일렁거림이 발생하지 않는다라.'

그렇다면 여태까지와는 다른 형태의 몬스터인가.

[레벨: 421]

레벨 디텍터를 활용해 본 결과,

'완전 쪼렙이네.'

최성일의 현재 레벨이 440.

아무리 직접 전투 클래스가 아니라 할지라도 20레벨 차이가 나는데 이토록 무력하게 당했다는 건 뭔가 다른 게 숨겨져 있는 것이 틀림없었다.

신희현이 말했다.

"핵을 찾아서 부숴야 하는 건 당연한 겁니다. 그런데 지금 당장은 핵을 찾기가 어렵죠. 이곳은 너무 넓으니까요."

이곳은 바위산 속이다. 굉장히 넓다. 어디에 핵이 숨겨져 있는지 찾으려면 적지 않은 시간이 소요될 것이다.

"그럴 때 가장 효과적인 방법이 뭔지 알아요?"

"어떤…… 새로운 탐색법이 있는 것입니까?"

"라비트."

……예? 라비트요?

최성일은 순간 고개를 갸웃했지만 이내 그 말의 뜻을 알 수 있었다.

"저 돌덩어리가 주인을 위협하는 것이오?"

"부숴."

관절을 찾아 공략하라는 상세한 주문은 하지 않았다.

레벨이 100가량 차이가 난다. 그 정도 레벨 차이면 아무렇게나 대충 쳐도 된다.

그래도 라비트는 최선을 다했다.

"일격필살!"

그게 검객의 자존심이라나 뭐라나.

"호랑이는 토끼를 잡을 때에도 전력을 다하는 법이오!"

골렘이 주먹을 크게 휘둘렀지만 라비트는 그것을 너무나도 쉽게 피해냈다.

"일격필살!"

시간이 얼마 지나지 않아 골렘은 무너져 내렸다.

신희현이 씨익 웃었다.

"이러면 핵을 찾을 시간이 확보됐죠? 완전히 부숴 버렸으니까 복구되는 데 시간이 좀 걸릴 겁니…… 응?"

신희현의 미소가 짙어졌다.

'그렇단 말이지.'

하나를 부쉈더니 또 다른 골렘이 나타났다.

이번에는 두 개체다.

"라비트, 또 부숴봐."

또 부쉈더니 부서진 골렘이 또 2개로 나뉘며 늘어났다.

이제 골렘의 개체 수는 3개가 됐다.

'흠.'

골렘이 생성되는 속도로 보면 아무래도 저 골렘에게 마력을 공급하는 핵의 영향력이 굉장히 막강한 것 같았다.

'내가 놈들을 계속해서 부수면…….'

그러면 언젠가는 골렘 생성이 멈출 거다. 무한정 계속 생성되지는 않을 테니까.

'내 마력이 먼저 고갈되느냐, 놈들이 먼저 사라지느냐. 그 문제인데.'

최성일의 얼굴이 시퍼렇게 질렸다.

'이건 악몽이야.'

임설희와 함께 히든 던전을 발견했을 때에는 너무나 행복

했었다. 빛의 성웅처럼 위대한 플레이어가 될 수 있을 거라고 생각했다.

하지만 다른 사람들이 생각하는 위대한 플레이어와는 거리가 조금 있었다.

그는 아이템 수집광이라고 해도 좋았다. 게다가 아이템을 발굴해 내는 능력도 뛰어났다.

같은 몬스터를 잡아도 일반 플레이어가 잡는 것과 도적이 잡는 것은 완전히 다르다. 도적이 잡으면 훨씬 더 좋은 아이템을 드랍한다. 항상 그런 건 아니지만 확률이 매우 높다.

같은 던전을 클리어하더라도 훨씬 좋은 보상을 받는다. 도적의 특전이다.

최성일은 그걸 어디에다가 자랑하거나 하는 건 아니었다. 인벤토리에 꽁꽁 숨겨놓고 그것을 보는 것에 희열을 느꼈다. 그는 그런 사람이었다.

이 히든 던전은 진귀한 아이템을 많이 준다. 세상에 풀리면 한바탕 난리가 날 법한 아이템들도 있다.

히든 던전을 클리어하면 그러한 아이템들을 보상으로 얻을 수 있다.

그런데 그 보상도 살아 있어야 의미가 있는 것 아닌가.

'빛의 성웅도 지금 제대로 된 공략을 모르고 있다.'

두려워졌다.

그때 그는 황당한 광경을 보게 됐다.

"마틴."

"예, 형님!"

"놈들을 결박해서 끌고 다닐 수 있겠어?"

마틴을 향해 골렘 하나가 주먹을 뻗었다.

마틴은 그걸 피하지 않고 대충 맞아줬다.

쾅!

주먹과 머리가 부딪치는 것 같지 않은 요란한 소리가 터져 나왔다.

푸스스-!

먼지가 피어올랐다.

골렘의 주먹에서 피어난 먼지다.

주먹이 조금 부서졌다.

마틴은 머리를 살살 문질렀다.

"이거 살짝 근질근질하네요. 결박 스킬을 오래 사용하려면 체력이 많이 듭니다. 그냥 이대로 제가 끌고 다니는 게 좋을 것 같습니다."

"편할 대로 해."

그래서 최성일은 사상 초유의 던전 클리어 방식을 경험하게 됐다.

최성일은 뒤를 힐끗 쳐다봤다.

쾅! 쿵! 쾅! 쿵!

요란한 소리가 계속 터져 나왔다. 골렘이 마틴을 공격하는 소리다.

마틴은 그걸 막지 않았다. 피하지도 않았다.

골렘들은 마틴을 따라다니며 계속 공격을 해댔다. 자신의 몸이 부서지든 말든, 그런 건 아랑곳하지 않았다.

'저, 저런 플레이를 하다니.'

흔히들 빛의 성웅하면 스마트한 이미지를 떠올리지 않는가.

최상의 효율과 합리적인 선택의 대명사인 빛의 성웅이 저런 식으로 플레이를 할 줄은 전혀 몰랐다.

그런데 더욱 황당한 건.

'저 플레이가 진짜 효율적이라는 거지.'

황당하게도 그랬다.

'저것도 어그로의 일종인가?'

분명 저 덩치는 탱커임에 틀림없었다.

탱커로 어그로를 끌고 그사이 핵을 찾아 돌아다니는 것.

어그로를 끌고 클리어를 진행하는 거다.

이런 식으로 진행될 줄은 몰랐지만.

시간이 제법 많이 흘렀다.

신희현은 골렘을 쳐다봤다.

'슬슬 부담을 느끼네.'

마틴의 소환을 유지하고 있는 건 그 나름대로 체력이 소모된다. 아직까지 위험하다 정도는 아니었지만 이대로 시간이 계속 흐르면 지칠 것이 분명했다.

어쨌든 문제는 그게 아니었다.

'핵이 보이지 않는다.'

분명 어딘가에 핵이 숨겨져 있어야 하는데, 핵이 보이지 않았다.

높은 곳이 아니라는 소리인가.

'윈더도 유석이의 물의 정령도 찾지 못했던 위치.'

특별한 결계 같은 것이 있다고 생각했는데 그것도 보이지 않았다.

'그렇다면.'

역발상을 해봤다.

원래 최성일이 숨어 있던 동굴은 어떨까.

그곳은 물의 정령이 찾을 수 없던 곳이다.

'거기도 아냐.'

윈더가 한번 탐색을 하지 않았던가.

윈더가 찾아내서 최성일의 위치를 알려줬었다.

그때 생각이 번뜩 떠올랐다.

'아니.'

윈더는 분명 동굴 안으로 들어가기는 했었다.

'하지만.'

윈더를 잠시 소환했다. 확인할 것이 있으니까.

당연히 체력적인 부담이 조금 더 느껴졌다.

'윈더, 동굴 안쪽까지 수색했어?'

'아닙니다. 저 플레이어를 발견할 때까지만 수색했습니다.'

윈더를 보내려다가 다시 역소환시켰다.

특별한 결계가 있다면 어차피 확인하지 못할 테니까.

결국은 직접 가야 한다는 소리다.

'체력을 낭비할 필요는 없겠지.'

그래서 다시 동굴로 향했다.

"어쩌면 그 안에 핵이 있을지도 모르겠습니다."

"아……."

다시 발걸음을 되돌렸다.

그사이 골렘이 계속해서 마틴을 공격했다.

'대충…… 30분 정도면 나도 마력이 바닥나겠어.'

괜찮다. 그러면 동굴 안으로 숨어 들어가서 체력을 비축하면 된다.

겨우 레벨 420대의 몬스터를 완벽하게 처리할 수 없다는 게 자존심 상하는 일이기는 했지만.

'일반적인 몬스터가 아냐.'

등장 시의 일렁임이 없었다.

'제왕의 발톱도 먹히지 않고.'

공포를 느끼지 않는 형태의 몬스터니까.

'그런데 핵을 보호하려는 움직임도 딱히 보이지 않지.'

이상한 점은 그것뿐만이 아니었다.

'연계 퀘스트. 그것도 대도와 도적 둘이서 클리어를 할 수

있는 수준의 히든 던전.'

그 던전을 자신이 쉽게 클리어하지 못할 리 없다.

연계 퀘스트의 난이도가 갑자기 미친 듯이 높아진 게 아니라면.

그럴 확률은 매우 적었다.

'지금은 확인을 해보면 되는 거야.'

동굴로 되돌아갔다.

부수면 늘어나는, 이 일반적이지 않은 형태의 골렘을 처리하기 위해서.

그사이 골렘 하나가 폭발하듯 터져 나갔다.

"죄송합니다, 형님. 이 녀석이 영 좋지 못한 곳을 공격하길래 저도 모르게 부숴 버리고 말았습니다."

덕분에 골렘은 4개체로 늘어났다.

마틴의 얼굴이 시뻘겋게 달아올라 있었다. 굉장히 화가 난 것 같았다.

혼자서 불만을 토해냈다.

"감히 나의 이 소중한 곳을 노리다니. 9살 인생의 치욕이다."

신희현은 빠르게 이동했다.

앞으로 남은 시간은 약 20분 정도.

촉박하다면 촉박할 수도 있는 시간이다.

최성일이 한곳을 가리켰다.

"저기 동굴이 보입니다."

최성일이 숨어 있던 그곳.

'다시 돌아오다니.'

그래도 희망은 있었다. 저 안에 골렘의 핵이 있을 수도 있으니까.

신희현이 동굴 안까지 들어왔다. 더 이상의 공격은 이어지지 않았다.

신희현이 황당한 말을 했다.

"3시간 정도만 휴식을 취하겠습니다. 혹시 모르니 일이 생기면 깨워주십시오."

"……예? 여기서 잔다고요?"

그와 동시에 신희현은 빠르게 잠에 빠져들었다.

"허……."

강심장인 건지 잠이 많은 건지, 도무지 이해가 안 됐다.

그도 이론으로는 안다. 급박한 상황일수록 체력 비축을 위해 잠을 자두는 것이 좋다.

그런데 그건 어디까지나 이론이다.

동굴 앞에는 골렘이 서성거리고 있을 것이 분명한데 어떻게 저렇게 태평하게 잘 수 있는 거란 말인가.

"진짜 이럴 수도 있구나."

그리고 3시간이 흘렀다.

결과부터 말하자면 동굴 안에는 아무것도 없었다. 아무리 탐색해도 아무것도 나오지 않았다.

신희현은 이곳에 아무것도 없다고 결론을 내렸다.

최성일이 물었다.

"저희는…… 어떻게 되는 겁니까……?"

어쩌면 영영 이곳을 빠져나가지 못하는 것은 아닐까.

그런 생각마저도 잠깐 들었다.

그때 신희현이 씨익 웃었다.

"잘됐군요."

"……네?"

"확인이 끝났습니다."

그와 동시에 스스로는 언제나 무표정이라 주장하는 엘렌도 씨익 웃고 있었다.

최성일이 되물었다.

"……그게 무슨?"

신희현이 말했다.

"확실히 특이한 구석이 있는 놈이었죠."

골렘은 분명 특이한 구석이 있는 몬스터였다.

"그래서 몬스터가 아닌 게 아닐까라는 생각을 했습니다."

"……."

그게 무슨 뜻이지. 몬스터가 분명 맞는데.

"어쩌면 몬스터의 일부일 수도 있겠죠."

"……일부요?"

신희현이 말했다.

"이곳을 빠져나갈 겁니다. 골렘을 잡아야죠."

최성일은 신희현의 뒤를 따랐다.

신희현은 체력이 많이 회복된 것처럼 보였다.

신희현이 믿기 어려운 말을 했다.

"이 산 전체가 하나의 골렘입니다."

"이 산 전체가요?"

"그렇게 생각하면 모든 것이 맞아떨어지죠."

핵이 따로 없다. 생성되는 이 골렘들에게는 핵이 필요 없다는 소리다.

"우리 앞에 생성되는 저놈들은 단일 몬스터가 아니라 이 산이 내보내는 하나의 공격 같은 거라고 보면 이해가 쉬울 거 같습니다."

이를테면 강민영이 사용하는 화염계 마법을 예로 들 수 있다.

곧, 강민영이 산에 해당하고 마법이 작은 골렘에 해당한다.

"그러니까 골렘을 처치하라는 퀘스트는 우리 눈앞의 저 골렘을 처치하는 게 아니라 바로 이놈, 이 산을 처치해야 하는 겁니다."

"......."

신희현이 먼저 걸음을 옮겼다.

진행 방식은 아까와 같았다. 마틴이 놈들의 시선을 잡아끌고 신희현과 최성일이 안전하게(?) 하산하는 것.

신희현은 걸음을 옮기면서 생각했다.

'만약 이 던전의 난이도가…… 고대 던전들의 난이도였다면.'

그랬다면 아마도 이 산 전체가 하나의 골렘이 되어 자신에게 공격을 가했을 거다. 이곳에 있는 모든 것, 하다못해 작은 모래알마저도 모두 공격 개체가 될 거다. 마치 인간의 몸속에 들어온 세균을 박멸하는 백혈구처럼 말이다.

'그런 의미에서 보자면 다행이네.'

신희현은 사실 이 사실을 이곳에 도착함과 동시에 대충 깨닫고 있었다. 확인을 위해 여태껏 시간을 끌었을 뿐.

"슬슬 시간이 된 것 같은데."

바위산을 내려갔을 때 최성일은 깜짝 놀랐다.

"저건……!"

강민영이 가장 먼저 신희현을 발견했다.

"오빠!"

그녀는 땀을 뻘뻘 흘리고 있다가 신희현에게 달려와서 안겼다. 강유석도 가까이 다가왔다.

"형이 말한 대로 모래사막에 있던 바위 대부분을 이곳으로 옮겨왔어요."

한편, 임설희 역시 눈물을 왈칵 쏟아내며 최성일에게 달려
갔다.

"성일 씨!"

최성일은 임설희의 이런 반응이 놀라운 건지 반가운 건지,
어쩔 줄 몰라 하며 땀을 뻘뻘 흘렸다.

"도, 돌아왔어."

"다행이야. 정말 다행이야. 으흐흑······."

임설희는 눈물을 펑펑 쏟아냈는데, 강민영이 그 모습을 보
면서 고개를 끄덕였다.

"나는 저 마음 너무너무 잘 알 것 같아."

"그러면 너도 좀 나한테 안기지그래?"

말은 그렇게 해놓고선 신희현은 자신이 강민영을 와락 끌
어안았다.

신희아가 옆에서 투덜거렸다.

"누가 보면 이산가족 상봉이라도 한 줄 알겠네."

사실 신희아는 크게 걱정하지 않았었다.

이 던전의 난이도에 대해서 이미 알아차리고 있었고 따라
서 오빠에게 위협이 될 만한 것은 딱히 없다고 생각했으니까.

"오케이. 인사는 여기까지 하고. 클리어부터 해볼까?"

최성일은 임설희를 끌어안은 상태로 머리를 쓰다듬었다.

많이 걱정시켜서 미안해. 그리고 다시 돌아와 줘서 고마워.

많은 말을 그 손길에 담았다.

그러면서도 문득 궁금해졌다.

'클리어를 어떻게 진행한다는 거지?'

강민영과 강유석, 그리고 라비트와 루시아가 공격을 쏟아 냈다.

콰과광!

쾅!

쿠구궁!

온갖 폭발음이 터져 나오고.

"일격필살!"

라비트가 스킬명을 외쳐 댔다.

얼마 지나지 않아 바위들이 전부 부서졌다.

최성일은 깨달을 수 있었다.

'설마…… 저것들이 핵이었나.'

처음에 무심코 지나쳤던, 아니, 더 정확히 말하자면 엄폐 물로 삼아서 도망치기에 급급했던지라 제대로 파악하지 못 했었다.

신강철이 키득키득 웃으며 말했다.

"형 말이 맞았어. 다시 실험해 보니까 바위는 교묘하게 공 격하지 않더라구."

신희현은 강유석을 내려보내면서 얘기했다.

첫 번째 관문의 트랩이 바위를 공격하는지 하지 않는지.

만약 공격하지 않는다면 매우 중요한 거니까 바위산 입구에 모아놓고 있으라고 말이다.

"일격필살!"

어떻소, 나의 파괴력이!

라면서 라비트는 어깨를 쭉 폈다.

거기에 루시아가 바주카포를 터뜨렸다.

라비트가 황급히 몸을 피했다.

"주, 죽을 뻔했지 않소!"

루시아가 무표정한 얼굴로 대답했다.

"안 죽었지 않습니까."

"언젠가 반드시 복수하겠소!"

라비트가 수염을 바짝 세운 채 레이피어를 들어 올렸다. 루시아의 파괴력에 질 수 없다는 듯 검을 내질렀다.

"내가 더 많이 부수면 그대는 나를 형님으로 모셔야 할 것이오!"

그리고 얼마 뒤, 모두에게 알림음이 들려왔다.

[서쪽 바위산이 클리어되었습니다.]

으레 그렇듯, 익숙한 알림도 이어졌다.

[클리어 등급을 산정합니다.]

시간이 조금 흘렀다.

신희현이 생각하는 것만큼 오랜 시간은 아니었다.

[S등급 클리어로 인정됩니다.]

[보상을 산정합니다.]

[보상의 방으로 이동합니다.]

최성일은 주위를 둘러봤다. 아무것도 없었다. 보상의 방이다.

'S등급 클리어라고……?'

여태까지 클리어했던 모든 던전과 퀘스트를 통틀어서 S등급을 받은 적은 단 한 번도 없었다.

그런데 S라니.

'대박이다.'

또 은혜를 입었다.

월영보에 목숨 빚, 거기에 새롭고 위대한 등급까지.

'나는…….'

은혜를 어떻게 갚아야 할지 도무지 감이 오질 않았다. 그래도 그는 다짐했다. 빚지고는 절대로 못 산다. 어떤 식으로든 반드시 보답하겠다고 마음먹었다.

애초에 신희현이 의도했던 그대로였다.

한편, 신희현 역시 보상의 방으로 이동됐다.

'등급은 좀 허접하게 S이긴 한데…….'

그래도 이곳 역시 히든 던전, 어떤 보상을 줄지 궁금했다.

'어떤 보상을 내게 줄 거지?'

모르긴 몰라도 이 '히든 던전'이라는 건 신희현 자신이 과거에 풀지 못했던 어떠한 열쇠를 쥐고 있는 것이 틀림없었다.

지금도 갖고 있는 몇 가지 미스터리, 그것에 대한 단서가 될 수 있었다.

['찢겨진 지도 조각'이 보상으로 주어집니다.]

응?

신희현이 고개를 갸웃했다.

'지도 조각?'

보통 이런 아이템의 경우, 조각들을 하나로 맞춰야 그 진가를 발휘하곤 한다.

'조각이 여러 개 있는 건가?'

그럴 확률이 높았다.

'어쩌면 이 연계형 던전들은…….'

다른 무언가를 가리키고 있는 것이 아닐까.

확인할 필요가 있었다.

보상의 방에서 보상을 받은 플레이어들이 이내 던전에서 빠져나왔다.

신희현이 모두를 불러 모았다.

"저는 지도 조각을 받았습니다."

강민영도 손을 들었다.

"나두."

모두가 그랬다.

최성일과 임설희 역시 고개를 끄덕였다.

"저희도 지도 조각을 받았습니다."

신희현이 물었다.

"전에도 이러한 보상을 받았던 겁니까?"

"솔직히 말씀드리자면 그렇습니다. 다음 던전을 나타내는 지도입니다."

"지도 한 장을 인원수에 맞춰서 나눠 주는 형태였군요."

그렇다면 지금 받은 보상은 의미가 없다. 한 장의 지도가 완성되어야만 하니까.

최성일이 말을 이었다.

"지도는…… 앰플러스 네임을 가진 자만이 확인할 수 있습니다."

"앰플러스 네임 말인가요?"

예상은 했다. 최성일 역시 앰플러스 네임을 하나쯤은 갖고 있을 거라고 생각하고 있던 중이었다.

그 효과가 뭔지는 모르겠다만 아무래도 이 지도와 관련이 있는 모양이었다.

신희현은 빛의 성웅 팀 플레이어들을 훑어봤다.

"우리에게 이 지도는 쓸모없는 것 같은데."

강민영도 고개를 끄덕였다.

보지도 못하는 지도 따위 갖고 있어봐야 별로 도움이 안 된다.

"지도는 저쪽에 양도하는 걸로 하면 좋겠어."

최성일은 깜짝 놀랐다.

이 지도가 어디에 어떻게 쓰일지 모르는데 어떻게 저런 결정을 할 수 있단 말인가.

"아, 아닙니다. 저희는 그럴 자격이……."

그럴 자격이 없는 건 확실했다.

그들은 지금 목숨값을 빚진 상태다. 신희현도 그걸 알고 있다.

"공짜로 드리는 거 아닙니다. 언젠가는 저희에게 큰 도움이 될 거라 믿어 의심치 않습니다. 그때를 대비해서 빚을 지워놓고 있는 겁니다."

"……."

"그리고 개인적인 호기심인데 지도를 완성시키고 나서…… 그 지도가 어디를 가리키는지 혹시 알 수 있겠습니까?"

한참을 고민하던 최성일과 임설희는 이내 고개를 끄덕였다. 지도를 받는 대신 히든 던전에 대한 정보를 공유하기로 했다. 가능하면 함께 클리어하는 것도 생각해 보기로 했다.

'내가 모르고 있던 것. 그 하나의 단추가 채워진 기분이다.'

자신만 히든 던전들을 클리어해 나가고 있는 게 아니다. 난이도는 제각각일지라도 분명 자신이 모르는 어떠한 얘기가 진행되고 있었다. 그중 하나가 바로 이 도적들의 던전이었고.

'최후의 던전까지……. 변수는 최대한 많이 파악해 놓는 것이 좋아.'

파악을 하면 그에 대한 대비책도 세워지는 거니까.

고구려의 수장인 최용민은 언제나 그렇듯 바빴다.

"상급 워터 볼의 수량은?"

"현재 18개까지 모았습니다."

"아이템 복사 진행 상황은 어때?"

아이템을 복사할 수 있는 카피 능력자들도 나타나고 있는 상황.

모든 아이템을 무한정 복사해 낼 수는 없지만, 일정 수준 이하의 아이템을 일정 수량까지는 복사해 낼 수 있었다.

"현재 진행 중입니다. 하나 상급 워터 볼은 경제성이 전혀 맞지 않는 상품으로……."

구하기 어려운데 잘 팔리지도 않는다. 가성비가 안 맞는

다. 하지만 최용민은 직권 남용이다 싶을 정도로 상급 워터
볼 구비를 종용했다.

'빛의 성웅이 다음 던전에 반드시 필요하다고 최대한 많이
챙겨놓으라고 말했어.'

그는 허언하지 않는다.

분명히 상급 워터 볼이 필요할 거다.

'아탄티아라고 했었나.'

신희현의 예지 스킬로 살펴보면, 앞으로 오픈되는 던전들
중 핵심적인 던전은 아탄티아 던전이라 했다.

여태까지와는 다른 거대한 규모.

'많은 시간, 많은 인원이 필요하다 했다.'

최용민이 말했다.

"길잡이들 지원 상황은 어때?"

"많은 인원이 지원했습니다."

신희현의 조언대로 길잡이 육성에 힘을 쏟고 있는 중이다.
지원을 아끼지 않으면서 말이다.

고구려의 전폭적 지원 아래 더욱더 뛰어난 길잡이로 키우
는 프로젝트를 진행하고 있다.

"그중 몇몇 특출한 플레이어 리스트입니다."

최용민은 그 리스트를 쭉 훑었다.

"좋아."

최용민은 그 길잡이 리스트를 신희현에게 전송했다. 사진

과 함께.

그리고 그와 거의 비슷한 시각.

최성일이 신희현의 집을 찾아왔다.

"신희현 씨가 말씀하신 대로…… 저희가 클리어하고 있는 던전은 연계형 던전입니다. 다음 던전의 위치와 정보가 지도에 활성화되었습니다. 그에 대한 정보를 공유하고 싶어서 왔습니다."

어쩌면 빛의 성웅의 도움도 얻을 수 있을 것이다.

신희현이 고개를 끄덕였다.

사실 마음속으로는 지금 신났다. 전혀 몰랐던 것들을 대도를 통해 쉽게 알아내고 있는 거니까.

하지만 겉으로는 전혀 티 내지 않았다. 말은 정말 빛의 성웅답게 했다.

"제가 도울 수 있는 부분은 돕고 싶습니다."

"……제 입장에서 어찌 감히 더 도움을 바라겠냐마는……."

최성일이 설명했다.

신희현은 지도 자체를 알아볼 수는 없었지만—아마도 특별한 해독 능력이 필요한 듯했다— 최성일의 설명을 종합한 결과, 놀랄 수밖에 없었다.

'이 모든 설명이…….'

어떻게 이럴 수가 있는 거지.

'아탄티아를 가리키고 있다.'

어째서 히든 던전에서 나온 지도가 아탄티아를 가리키고 있는 거지.

그런데 신희현이 알고 있는 아탄티아의 정보와 약간 다른 부분이 있었다.

'내가 알고 있는 것과 다르다.'

그때 노크 소리가 들려왔다.

"오빠, 고구려 대장님이 뭔가를 전해 달라는데?"

그것을 받아 든 신희현은 조금 혼란스러워졌다.

4장
메인 던전: 아탄티아

지도 자체를 감정할 수는 없었다.

이건 오로지 최성일의 눈에만 보이는 것 같다.

그래도 최성일을 통해 전달받은 정보들은.

'지저의 천공.'

그리고.

'허무의 들판.'

에 관한 내용이었다.

이미 앞선 던전에서 축소판으로 경험했던 그것들 말이다.

그런데 그것뿐만이 아니었다.

'심연의 바다.'

거기에 더해.

'작은 대륙까지.'

대략적인 지형과 관문의 스타일, 그에 관한 정보가 그 지도에 수록되어 있었다.

한두 개쯤은 우연이라 볼 수도 있겠지만 이쯤 되면 절대 우연이 아니다.

4개의 관문이 모두 일치했다.

최성일이 말했다.

"그곳에는 위대한……."

신희현이 말을 끊었다.

"여왕이 있습니까?"

"……."

그걸 어떻게 아셨습니까?

최성일은 되물으려다가 참았다.

'확실히.'

사람들이 신희현에게 예지 스킬이 있다고 했다.

최성일은 그걸 떠올렸다.

확실히 예지력이 있는 것 같았다. 미래에 어떤 던전이 오픈되는지, 그곳에 뭐가 있는지에 대해서 미리 알고 있는 모양이다.

"예, 거기까지만 알 수 있습니다. 여왕에 대한 자세한 정보는 없네요."

"그렇군요."

신희현은 눈을 감았다.

'그런데…….'

도대체 저건 뭐지.

'좌로 우로 굽은 길. 위아래로 꺾인 길. 영원히 헤매는 기로와 선택의 갈림길.'

아무리 기억을 뒤져 봐도 이러한 설명과 관련된 아탄티아의 관문은 없었다.

'뭐냐, 도대체.'

아탄티아에 숨겨진 또 다른 던전이나 관문이 있는 것인가.

'모르겠다.'

아탄티아에 대해서는 거의 확실하게 파악하고 있었다고 생각했다. 그리고 아탄티아에 대한 대비책도 거의 완벽하게 구비해 놨다고 생각하고 있던 중 변수가 발생한 거다.

'다른 단서들을 종합해 보면 아탄티아가 확실한데.'

그런데 왜.

'어째서 이들이 클리어하고 있는 던전에서 나오는 단서들이 아탄티아를 향하고 있는 거지?'

의문점이 꼬리에 꼬리를 물고 생겨났다.

어느 날, 플레이어들에게 전체 알림이 들려왔다.

[메인 던전: 아탄티아가 오픈될 예정입니다.]

사람들은 깜짝 놀랐다.

던전이 오픈된다고 시스템이 알려주는 경우는 없었다.

최용민은 책상 앞에 앉은 채 눈을 감았다.

'드디어…… 열린 건가?'

[아탄티아의 위치에 관한 정보는 각 방의 가이드에게서 획득할 수 있습니다.]

아탄티아에 대한 정보가 세상에 퍼지기 시작했다.

최용민도 그것을 확인했다.

'앞으로 일주일 남았다.'

얼마나 대단한 던전이기에 이렇게 친절하게 시스템이 말해주는 건지 모르겠다.

빛의 성웅도 특별히 관심을 갖고 있던 던전이 아닌가.

김상목이 문을 열고 들어왔다.

"용민아, 던전 브레이크에 대한 정보 들었어?"

"응, 방금 보고받았다."

"그냥 두면 안 되겠지?"

아탄티아는 아무렇게나 들어갈 수 없단다.

입장 최소 레벨 380.

최소 인원 50명.

최대 인원 1,400명.

일반 던전과 다르게 그러한 정보들이 꽤나 자세하게 제공됐다.

그중에서도 던전 브레이크에 관한 내용은 충격적이었다.

"100일 내에 아탄티아 던전을 클리어하지 못하면 던전 브레이크가 발생합니다."

시작의 방 가이드인 헬퍼는 땀을 삐질삐질 흘리며 그렇게 말했다.

그, 그러니까, 그게. 그, 그러니까 그게 내 잘못은 아니잖아요. 으허엉.

울고 싶었다. 과거의 전성기가 그리워졌다.

이미 헬퍼는 윽박지르면 윽박지를수록 아이템을 토해내는 호구 NPC로 전락한 지 오래. 그래서 플레이어들은 헬퍼를 윽박질렀다.

어쨌든 최용민은 그에 대한 자세한 정보를 이미 보고받은 상태다.

"여태까지와는 비교조차 할 수 없는 대규모의 던전 브레이크가 발생한다라······."

일반 던전 브레이크와는 비교조차 될 수 없는 엄청난 규모의 던전 브레이크가 발생한다고, 각 방의 가이드가 설명했다.

김상목이 말했다.

"해일과 함께 수상 몬스터들의 습격도 이어진다고 했어."

"해일의 규모도…… 어마어마하다고 했지."

"어떻게 할 거야?"

"빛의 성웅과 함께 대비해야지. 지원자들을 받아야 돼."

최소 인원 제한까지 있다. 최소한의 인원이 충족되어야만 아탄티아에 들어갈 수 있다는 소리다.

'여기까지는 빛의 성웅이 말한 것과 비슷하다.'

빛의 성웅은 이러한 상황을 이미 예상했다.

그렇다면 대비책도 미리 생각해 놨을 거다.

"오케이. 나도 당연히 참여할 거야, 광개토 팀 데리고."

"……알았어."

상황이 이렇다 보니 플레이어들은 물론이고 일반 사람들까지도 아탄티아에 대해 폭발적인 관심을 갖게 됐다.

―메인 던전, 아탄티아. 그곳은 어떤 곳인가?

―아탄티아. 거제도에 생성될 예정!

―던전 브레이크 발생 시 사상 초유의 재앙이 발생할 것!

사상 초유의 재앙.

그 정도가 어느 정도 될지에 대한 자세한 정보는 없었다.

하지만 언론들은 앞다투어 이번 던전 브레이크 발생 시 경제적으로 얼마의 손해가 난다느니, 몇 명의 인적 피해가 발생할 거라느니 저들이 분석하고 예상한 정보를 떠들었다.

그 근거가 어디인지는 몰라도 하여튼 수백만 명 이상이 죽거나 다칠 수 있는 대재앙이 발생한다고 말했다.

그래서 사람들이 입을 모아 말했다.

"이럴 때 플레이어들이 나서야 하는 거 아냐?"

"맞아, 평소엔 꿀 빨잖아."

현재 아탄티아의 난이도에 대해서는 알려진 바가 별로 없었다. 브레이크를 막지 못하면 엄청난 피해가 있을 거라는 정보만 나오고 있었다.

사람들은 이렇게 말했다.

"남들 피 터지게 노력할 때 대충 벌어서 부자 됐으면 이정도 책임은 다해야 하는 거 아냐?"

신희현이 과거 겪었던 '황금기'는 없었지만 그래도 플레이어가 일반인에 비해 돈을 쉽게 번다는 건 맞는 말이다.

아이템을 처분하기만 해도 일반 직장인보다는 훨씬 쉽게 돈을 벌 수 있었으니까.

"이제는 책임을 다해야지."

"솔직히 이럴 때 빼는 놈들은 플레이어 자격 박탈해야 돼."

그런데 반가운 소식 하나가 전해졌다.

─빛의 성웅, 또다시 앞장서다.

─빛의 성웅, 플레이어들에게 지원 요청.

빛의 성웅이 위험을 무릅쓰고 던전 클리어에 나서기로 했다는 소식이었다.

그의 팀 전부가 지원했단다.

"역시 빛의 성웅."

많은 사람이 이러한 반응을 보였다.

역시 빛의 성웅이다, 괜히 성웅이 아니다, 이런 사람이 있어서 정말 다행이다 등등.

신희현이 보기에 손발이 오그라들고, 엘렌이 보기에 날개가 등을 파고들 것 같은 반응들이기는 했지만, 하여튼 위기에 빠진(?) 사람들의 반응은 대충 그랬다.

하지만 모든 사람의 반응이 그런 건 아니었다.

인터넷 댓글창이 뜨겁게 달아올랐다.

ㅡ성웅은 개뿔. 그것도 다 지가 돈 벌어먹으려고 하는 거잖아.

ㅡ솔직히 영웅은 아니지 않냐? 자기가 원해서 던전 클리어하고 그걸로 잘 먹고 잘 사는 건데. 나도 회사일 열심히 하는데 영웅이냐?

그런데 이러한 반응은 이내.

ㅡ너 같은 루저 새끼들은 인생을 포기하는 것이 좋을 거다.

-빛의 성웅이 혼자 잘 먹고 잘 살려면 진즉에 그렇게 했다. 공략의 방부터 해서 공략 공유, 거기에 각종 퀘스트 클리어 방법 등을 다 뿌리고, 굳이 그러지 않아도 되는 위험한 곳에까지 가장 먼저 나서서 해결하고 있다는 걸 알기는 하는 거냐?

　등과 같은 반응에 묻혔다.
　대다수의 사람이 보기에 빛의 성웅은 이 시대의 진정한 영웅이었으며 존경받아 마땅한 사람이었으니까.
　다만, 엘렌이 고개를 끄덕였다.
　"음."
　그녀는 요즘 새로운 취미에 재미를 붙였다. 인터넷 서핑이라는 거다.
　예전에는 면허도 땄는데-고구려의 도움을 얻어서- 이번에는 컴퓨터 사용법을 배웠다.
　이거 정말 재미있었다.
　그녀의 진지하기 그지없는 눈동자는 소수의 의견을 찾아보고 있었다.
　'훌륭한 지략을 갖춘 사람이 많다.'
　그녀의 눈길이 닿은 곳에는.

　-성웅이 아니다. 그는 간웅이다. 시대를 잘 타고 태어났

고 사람들을 이용해 먹는다. 사기꾼 같은 기질도 다분하다.

라는 댓글이 달려 있었다.

엘렌은 그 말에 완전히 동의하는 건 아니었지만 그래도 저도 모르게 자꾸만 고개를 끄덕였다.

그녀에게 있어서 인터넷은 신비롭고 놀라운 세상이었다.

'가만히 앉은 자리에서 빛의 성웅의 진면모를 파악해 내다니.'

아주 신비로웠다.

신희현은 다시 한번 작전을 점검했다.

'가능하다면 민영이는 데려가고 싶지 않은데.'

예전에 강민영을 잃었었다. 곧 열리게 될 던전, 아탄티아에서 말이다.

'그 개새끼.'

길잡이 홍경식은 이미 죽고 없지만 강민영을 직접 죽였던 말터는 이번에 다시 모습을 드러낼 거다.

'그 개새끼는 반드시 죽여 버린다.'

강민영은 아직 죽지 않았고, 그때의 말터와 지금의 말터가 같지 않을 수도 있다는 건 상관없었다.

신희현이 도착했을 때 봤던 건, 말터의 손톱이 강민영의 심장을 뚫어버린 모습이었다.

그때 말터는 실실대며 웃고 있었다.

'피다! 피다! 피다! 좋아! 좋아! 좋아!'라고 외치면서.

"민영이 너도 이번에 같이 갈 거야?"

"응, 당연하지."

'내가 아니면 누가 가겠어?'라고 말하는 듯한 강민영의 눈빛에 신희현은 이내 어깨를 으쓱하고 말았다.

'확실히 민영이라면……'

과거의 강민영, 그러니까 레벨 약 400대의 강민영보다 지금의 강민영이 훨씬 더 강하다. 그때보다 훨씬 더 큰 도움이 될 수 있을 거다.

신희현의 예상대로 플레이어들이 모여들었다.

'헤라클레스, 광개토, 아름다운 세계, 정의구현, 폭풍대.'

여기에 빛의 성웅 팀까지.

'대표적인 6개 팀에……'

거기에 더해 용병으로 활동하고 있는 마녀 강하나가 얼음계 마법사들을 소집하여 지원했다.

'광개토에는 변도현이 포함되어 있겠지.'

그 역시 중요한 전력이니까.

거기에 더해 신희현이 잘 모르는 플레이어들, 중추는 아니지만 없으면 안 될 플레이어들도 모여들었다.

과거, 아탄티아 던전에서 300명이 죽었다.

1,000명이 도전해서 300명이 죽고 약 300명이 돌이킬 수 없는 부상을 입었으며 400명만이 제대로 살아서 돌아왔다.

신희현이라고 해서 그 모두를 기억하고 있지는 않다. 중추가 되는 플레이어들이 머릿속에 있을 뿐이다.

'그런데…… 여기에…… 최성일과 임설희가 있었던가?'

과거의 기억에는 없다.

대도 최성일이 모습을 드러낸다?

있을 수 없는 일이다.

'최성일과 임설희가 과거에 이곳을 클리어했다고 가정한다면.'

최성일과 임설희 둘이서 또 다른 관문, 그러니까 신희현이 파악하지 못하고 있는 그 관문을 클리어했다면 얘기가 말이된다.

'히든 던전에서 나온 지도도 아탄티아를 가리키고 있고.'

그랬다. 최성일과 임설희는 과거에도 둘이서 아탄티아를 도전했었던 거다.

신희현은 그렇게 확신했다.

당시에는 최성일과 임설희가 아탄티아에 도전했다는 것조차 파악하지 못했었지만 이번에는 다르다.

'최성일과 임설희가 뭔가를 해낼 것이 틀림없다.'

그러면 그 자신이 모르고 있던 어떤 퍼즐의 조각이 맞춰질것 같은 기분이 들었다.

'그때는 파악하지 못했지만…….'

이번에는 파악할 수 있을 거다.

최성일과 임설희.

자신에게 목숨을 빚진 그들이 최소한의 정보는 제공할 테니까.

그리고 그게 합리적이라는 걸 알고 있을 테니까 말이다.

'아탄티아 이후 많은 것이 변하겠어.'

얼마 뒤 알림음이 들려왔다.

[메인 던전: 아탄티아가 오픈되었습니다.]

약 1,000명에 달하는 플레이어가 아탄티아로 향했다.

알림음이 들려왔다.

[메인 던전: 아탄티아에 입성합니다.]

플레이어들이 하나둘씩 던전 내에 입성했다.

눈앞에는 넘실대는 바다가 보였다.

에메랄드빛으로 반짝이는 바닷물은 햇살을 튕겨내며 영롱한 빛을 발했다.

강민영이 감탄했다.

"와, 예쁘다."

"네가 더 예뻐."

"들어가 보고 싶을 정도야. 색깔이 되게 곱다."

"안 그러는 게 좋을걸. 저래 봬도 산성이거든. 피부에 나빠."

이곳에 들어오기 전에 정했던 몇 가지 수칙이 있다.

아탄티아에 들어온 인원 자체가 워낙에 대인원이다. 기본적인 수칙과 명령 없이는 원활하게 진행될 수가 없다.

전체 팀장으로는 신희현, 김상목.

투톱 체재다.

신희현과 김상목이 최종 결정권을 가지고, 그 밑 개별 팀장으로 헤라클레스의 김경수, 아름다운 세계의 강현수, 정의구현의 김동재, 폭풍대의 이형진, 그리고 지략가 탁민호 이렇게 5명의 팀장으로 구성된 체계가 갖춰졌다.

물론, 어디까지나 아탄티아 던전 내에서만 통용되는 권한이며 던전 탈출 시 팀장으로서의 모든 권한과 책임은 사라지게 된다.

신희현이 말했다.

"보기와는 달리 산성 바다입니다. 피부에 닿으면 지속적인 대미지를 입히며 디버프 효과를 일으킵니다. 가까이 다가가지 않는 것이 좋겠습니다."

그 말은 각 팀장을 통해 전체 인원에게 전달되었다.

최상위급 플레이어들답게 움직임이 빨랐고 지휘 체계도 잘 잡혀 있었다.

아무도 바다에 접근하지 않았다.

김상목이 뭔가를 발견했다.

"뭔가가 가까이 다가옵니다."

신희현의 심장이 쿵쿵대며 뛰기 시작했다.

과거에도 이랬었다.

'저것들'이 다가오고 있다.

'이제 진짜 시작이다.'

커다란 범선이 보였다.

커다란 돛을 가진 그 배는 신기하게도 물이 굉장히 얕은 해변까지 아주 자연스럽게 들어왔다.

배는 총 4척이었다.

배 하나에서 누군가가 하늘로 천천히 떠올랐다.

두둥실 떠오른 그는 흡사 피에로와 같았다.

하얀 얼굴, 빨간 입술, 그리고 우스꽝스런 빨간 줄무늬 복장까지.

신희현이 그를 쳐다봤다.

'캡틴.'

그가 말했다.

"안녕안녕? 나는 여러분을 인도할 캡틴이라고 해."

저때의 인사도 기억이 난다.

촐랑대는 목소리, 하지만 결코 가볍게 볼 수는 없는 가이드.

레벨 디텍터와 초감각을 함께 사용했다.

'초감각.'

그에 대한 정보가 머릿속으로 흘러들었다.

[레벨: 511]

[현재 상태: '평온한', '약간 미쳐 있는']

좋든 싫든 캡틴에 관한 정보가 머릿속으로 흘러들어 왔다.

바다를 항해하는 것이 어릴 적 꿈이었던 사람이란다. 혼자
서 바다를 떠돈 지 벌써 30,000년이 되었다나 뭐라나.

어쨌든 그런 건 별로 중요한 게 아니었다.

'그래서 사이코가 된 건가.'

30,000년 동안 혼자서 바다를 떠돌았다면 이해가 된다.

굳이 표현하자면 바다의 망령쯤 되는 것 같다.

'레벨이 511.'

과거 캡틴에게 죽거나 다친 플레이어가 10명이 넘는다.

그 당시 신희현은 옆에서 직접 목격했었다.

'왜 내 말에 재미있어 하지 않는 거야? 그냥 죽어버렷!' 하
고 말하고선 장난감 공 같은 것을 던져서 플레이어 하나를
폭사시켰었다.

저 사이코는 자신의 말에 리액션을 제대로 해주지 않으면 혼자서 성질을 부리는 가이드다. 옆에서 적당히 웃어주고 적당히 대꾸만 잘해주면 별탈은 생기지 않지만.

'아무도 대적하지 못했었지.'

레벨이 511이다. 레벨 절대 룰에 의해 그 당시의 플레이어들은 아무도 대적하지 못했다.

"너희들이 나와 함께 대장정에 참여하고 싶어 한다는 말을 들었어. 아주 기쁜 일이야."

캡틴은 자기 팔로 자기 몸을 감싸 안고는 황홀한 듯한 표정을 지으면서 몸을 배배 꼬았다.

"너희들의 용기와 도전 정신에 먼저 박수를 보낼게. 하지만 나를 따라오는 길이 그렇게 쉽지만은 않을 거야."

퀘스트를 진행할 때 으레 그렇듯 캡틴은 이런저런 말을 늘어놓았다.

전체 알림이 들려왔다.

[퀘스트: '캡틴과의 항해'가 활성화되었습니다.]

캡틴과의 항해가 활성화됐다.

"그럼 이제 나와 함께 항해를 떠나볼까? 잠시 시간을 줄게. 너희들끼리 상의할 시간. 30분 정도면 되겠지?"

현재 해변에는 4척의 배가 있다.

신희현이 말했다.

"4척의 배에 250명씩 나눠 타면 됩니다. 인원 분포 자체가 그렇게 중요하지는 않습니다. 저 배들은 단순 이동 수단이니까요. 다만……."

김상목은 잠자코 신희현을 말을 경청했다. 이미 빛의 성웅의 능력은 알고 있다.

"각 배에 원거리 딜러들을 고루 분포시켜 주는 것이 좋습니다. 각 팀장들께서 알아서 분배해 주시기 바랍니다."

"빛의 성웅 팀은 어떻게 하실 예정입니까?"

"아호와 탄호, 티호에 저, 강민영, 강유석. 이렇게 나눠 탈 겁니다."

배 4척의 이름은 간단했다.

'아'호. '탄'호. '티'호. '아'호.

던전의 이름을 한 글자씩 따서 만든 이름이었다.

아호에 신희현이, 탄호에 강민영이, 티호에 강유석이 탄단다.

김상목이 물었다.

"그렇게 해도 되겠습니까?"

신희현이 그 두 사람을 얼마나 아끼는지 알고 있기 때문이다.

"효율적인 전력 분산을 위해서입니다. 각 팀장께서도 공정한 분배를 해주시길. 바다를 이동하는 동안 최대한 많은 공격을 쏟아부어야 합니다."

"어째서 그렇습니까?"

"앞으로 4척의 배를 아탄티아호라고 하겠습니다. 아탄티아호는 시스템 룰에 의해 절대적인 보호를 받습니다. 배 밖에서 이루어지는 그 어떤 공격으로부터 안전합니다. 그리고 우리가 보고 있는 저 바다는 언젠가 우리가 클리어해야 할 곳이기도 하고요."

"아⋯⋯."

모두들 그 말을 이해했다.

그러니까 안전한 곳에서 융단 폭격을 때리자.

이런 소리다.

"나중 관문으로 가는 데 커다란 도움이 될 겁니다."

김상목이 고개를 끄덕였다.

"역시 예지력이군요."

그렇게 결정됐다.

약 250명씩 아탄티아호에 나눠서 탑승했다.

일사불란한 모습에 캡틴은 굉장히 만족한 것 같았다.

"3만 년 만에 아주 괜찮은 녀석들이 나타났어. 자, 내 배들은 아주아주 안전하니까 항해를 떠나볼까?"

신희현이 가장 먼저 움직였다.

루시아를 소환했다.

"루시아."

"알겠습니다."

루시아가 높이 뛰어올랐다.

[스킬, 높은 도약을 사용합니다.]

[스킬, 빠른 도약을 사용합니다.]

범선의 망루까지 순식간에 올라간 그녀는.

[스킬, 인피니티 샷을 사용합니다.]

인피니티 샷을 활용하여 바다에 총탄을 뿌려댔다.

뱃머리에 서 있던 캡틴은 흥미롭다는 듯 루시아를 쳐다봤다.

"이런 놈들은 또 처음이네. 아주 적극적이고 저돌적이야. 굉장히 흥미로운 항해가 되겠어."

어느새 배 주위의 물은 붉게 물들었다. 모르긴 몰라도 물 안쪽에 어떤 몬스터들이 존재하는 것 같았다.

신희현이 무전기를 들었다. 미리 준비했던 물품이다.

"광역기를 사용하여 최대한의 공격을 쏟아붓습니다. 번 아웃은 걱정하지 않아도 좋습니다. 원거리 딜러들은 각자 최선을 다해주시길."

번 아웃 되어도 된다. 쓰러져서 체력을 비축하면 되니까.

어차피 다가오는 관문인 허무의 들판에서 그들이 활약할 일은 없다. 그들은 안전한 배에서 휴식을 취하면 그만이다.

앰플러스 네임의 효과, 개척을 활용하여.

[스킬, '버닝 샷'과 '인피니티 샷'을 조합합니다.]

두 개의 스킬을 조합했다.

[스킬, 인피니티 버닝 샷을 사용합니다.]

레벨 디텍터와 초감각을 연계하여 사용한 것처럼 스킬도 연계해서 사용한 거다.

배 주위에서 커다란 물줄기가 솟아올랐다.

루시아의 인피니티 버닝 샷이 쏟아져 내리면서 수십 개의 물기둥과 굉음이 터져 나왔다.

'어마어마한 숫자의 몬스터가 안에 있네.'

엄청나게 많은 숫자의 몬스터가 바닷속에 숨어 있는 것이 틀림없었다.

'이러면 이럴수록 좋지.'

몬스터가 많으면 많을수록 좋다.

한 번의 공격에 많은 대미지를 입히면 그만큼 많은 마력 회복이 일어난다.

[스킬, 인피니티 버닝 샷을 사용합니다.]

에메랄드빛 바다는 어느새 붉은 바다가 되어 있었다.

아호에 탑승하고 있던 플레이어들은 입을 쩍 벌렸다.

'한두 번은 그렇다 쳐도…….'

어떻게 저럴 수가 있나 싶다.

한두 번 저렇게 커다란 공격을 하는 건 그렇다 칠 수 있다.

'길잡이 아니었나?'

길잡이인데 무한에 가까운 마력을 가지고 있는 게 아닐까 싶다.

지금 이 순간, 수많은 원거리 딜러가 공격을 퍼붓고 있다.

그런데 길잡이인 빛의 성웅이 발군의 능력을 발휘하고 있다.

'저렇게 큰 공격을 계속해서 사용할 수 있다니.'

그들은 괜히 안도감이 들었다.

그와 비슷한 상황이 다른 배에서도 일어났다.

'분명히 불의 마법인데…….'

이 정도 규모의 바다에서 불 속성 마법은 큰 힘을 발휘할 수 없다. 그게 당연한 거다.

그런데 강민영이 일으키는 불화살은 바닷속을 뚫고 들어가 몬스터들을 학살하고 있었다.

애초에 물의 정령을 부리는 강유석의 경우는 물 만난 고기 같았다. 어쩌면 신희현보다도 몬스터들을 훨씬 더 효율적으로, 그리고 빠르게 처리하는 듯했다.

그렇다고 다른 플레이어들이 놀고 있다는 소리는 아니다.

신희현을 비롯한 빛의 성웅 팀이 워낙에 수십 명의 역할을 해서 그렇지 다른 플레이어들 역시 최상급에 속하는 플레이어들이다. 적어도 한 명의 몫은 충분히 해내고도 남았다.

신희현이 씨익 웃었다.

'캡틴도 별다른 간섭을 하지 않고 있고.'

원래 이쯤 되면 리액션이 안 좋다면서 한두 명의 플레이어가 죽었을 수도 있다. 그런데 이 광경이 몹시 흥미로운 듯 구경만 하고 있다.

좋다. 아직까지는 굉장히 순조롭게 흘러갔다.

'이제 곧 허무의 들판이다.'

계속해서 공격을 퍼부었다.

시간이 조금 더 지나자 슬슬 원거리 딜러들이 번 아웃 현상을 겪기 시작했다. 마력을 모두 소진한 그들은 전부 탈진하여 쓰러졌다.

캡틴이 말했다.

"자! 우리의 모험은 이제부터 시작이라고. 이 깊은 바다를 가장 먼저 정복해 볼 사람이 있겠어? 시간은 30분 줄게. 아차차, 내 정신 좀 봐. 룰이 뭔지 얘기했었나?"

캡틴의 말은 신기했다. 분명 아호에서 말하고 있는데 모든 플레이어의 귀에 똑똑히 들렸다.

김상목은 그의 말을 들으면서 아까 신희현이 말했던 것을 떠올렸다.

'한 플레이어가, 한 번의 플레이에, 2개까지의 관문에만 입장이 가능하다.'

그리고 그 말은 캡틴에 의해 사실로 드러났다.

비록 표현하는 단어는 약간 달랐고.

"플레이어는 딱 두 번까지만 모험에 참여할 수 있어."

'한 번의 플레이'라는 단서가 빠지기는 했지만 전체적으로는 신희현이 말한 것과 거의 같았다.

"두 번의 모험을 성실히 잘 이행한 다음에는……. 나는 그러지 않기를 원하지만 어쨌든 항해를 끝마치고 집으로 돌아갈 수 있는 권한을 줄게."

두 개의 관문을 클리어하고 나면 자유로운 탈출이 가능하다는 소리다.

신희현은 배 난간에 서서 아래를 쳐다봤다.

'저 바닷속.'

여기서의 '항해'는 하나의 관문을 뜻하는 거고, 저 바다로 뛰어내리면 관문이 펼쳐진다.

이곳은 던전. 바다로 떨어진다고 해서 바다에 들어가는 게 아니다. 다른 관문으로 이동하게 될 거다.

'허무의 들판으로.'

과거에는 탁민호가 선택되어 앞장서서 클리어를 했었다.

'이번에는 나도 함께한다.'

지금보다 하위의 실력으로도 이곳을 클리어했던 탁민호다. 거기에 더해 지금은 자신도 함께할 거다. 예전보다 훨씬 적은 피해로 이곳을 클리어할 수 있을 거다.

첫 번째 관문에 들어갈 인원이 정해졌다.

빛의 성웅 신희현과 지략가 탁민호를 필두로 한, 약 200명으로 이루어진 그룹이었다. 신희현이 보기에 이 인원이면 허무의 들판을 쉽게 클리어할 수 있을 것이었다.

그런데 누군가가 말했다.

"이건 너무 불공평합니다."

신희현이 물었다.

"무엇이 말입니까?"

예상은 하고 있었다. 누군가가 반발을 할 수도 있다고.

'비록 사소한 거지만.'

한번 잡음이 생기기 시작하면 그 잡음은 점점 커지게 된다.

이토록 대인원을 통솔하는 전투 상황에 있어서 민주적인

절차는 그렇게 중요하지 않다.

아니, 오히려 아군에게 피해를 끼치곤 한다.

죽이 되든 밥이 되든 지휘관 한 명의 통제가 제대로 이뤄지지 않으면 아군은 우왕좌왕하다가 패배하는 경우도 생긴다. 적어도 전쟁 상황에서는 상명하복이란 게 필요하다.

지금은 아탄티아라는 전쟁을 치르는 중이다.

'초장에 확실히 잡아놓는 것이 좋겠지.'

그가 대답했다.

"두 번 클리어를 하게 되면 이곳을 자유롭게 빠져나갈 수 있다고 들었습니다. 그러한 특권을 가장 먼저 차지하겠다는 것 아닙니까?"

"……."

"이건 빛의 성웅이라는 위명을 위시한 특권 남용으로밖에 보이지 않습니다."

"……."

"빛의 성웅이라면 응당 성웅처럼 행동해야 하는 것 아닙니까? 어째서 이런 식으로. 독단적으로 일을 진행하는 거죠?"

신희현이 아무런 말도 하지 않고 있자 그는 제풀에 열이 받아서 더 흥분했다.

"빛의 성웅께 실망입니다. 그 힘과 자리를 이용해 권리를 남용하는 건 옳지 않다고 봅니다."

신희현은 그의 마음을 이해했다. 그 역시도 처음에 이런 생각을 가졌었다.

그뿐만 아니라 많은 플레이어가 그렇게 생각하고 있을 거다. 그 마음 자체를 이해 못하는 건 아니었다.

하지만 신희현은 이렇게 대답했다.

"그래서요?"

5장
그다음에도 제가 인도합니다

신희현이 말했다.

"그래서요?"

합리적이고 이성적인 대답을 기대했던 플레이어들이 놀란 눈으로 신희현을 쳐다봤다. 여태까지의 신희현의 행보와는 사뭇 다른 모습이기에 더 놀랐다.

'빛의 성웅이 갑자기……?'

신희현이 말을 이었다.

"뭔가 착각하고 계신 것 같네요. 저는 지금 자원봉사를 하러 이곳에 온 게 아닙니다. 저 또한 여러분과 같은 플레이어이고 이곳을 효율적으로 클리어하는 것에 목적을 두고 있습니다."

"……."

신희현에게 반론을 제기한 그 플레이어는 아무런 말도 하지 못했다.

"아시는 분들은 아시겠지만 저는 500레벨을 이미 초월했습니다. 초월한 지 한참 되었죠."

"……."

알고 있는 플레이어들은 고개를 끄덕였고 그렇지 않은 플레이어들은 더욱 놀라며 신희현을 쳐다봤다.

500레벨이라니. 게다가 그것을 초월했다니. 하기야 500레벨을 초과했으니 저런 능력이 나오는 거겠지.

빛의 성웅이라면 500레벨 이상이라 하더라도 전혀 이상하지 않았다.

"이곳에서 레벨은 곧 법입니다."

지금은 조금 강하게 나가기로 했다. 지금은 그럴 때였다.

"만약에 제가 정말로 나쁜 마음을 먹었다면."

'이쯤에서 한 템포 쉬었다가…….'

호흡을 가다듬고 말했다.

"당신에게 정말로 큰 해악을 가할 수도 있다는 뜻입니다. 그쪽은 저를 공격조차 할 수 없어요."

그러고 보니 강유석도 이러한 분위기를 연출하곤 했었다.

다만, 강유석은.

너 같은 새끼는 그냥 죽여 버릴 수도 있어.

이렇게 말하곤 했었다.

물론 말만 한 건 아니었다. 강유석은 실제로 사람을 많이 죽였으니까.

"하, 하지만……."

'하지만' 뒤에 가려진 말은 '당신은 빛의 성웅이지 않습니까!'라는 말이었다.

신희현도, 또 다른 플레이어들도 그 말을 충분히 유추하고도 남았다.

'나는 강유석과는 다른 길을 걸어야 돼.'

아무리 힘을 가지고 있기로서니 아무런 죄도 없는 사람들을 죽여가며 군림할 생각은 없었다.

때마침 알림도 들려왔다.

[성웅의 증표에 부정적인 영향을 끼칩니다.]
[성웅의 증표에 부정적인 영향을 끼칩니다.]
[성웅의 증표에 부정적인 영향을 끼칩니다.]

꽤나 여러 번 들려왔다.

'나는…… 성웅이어야만 한다.'

어쩔 수 없다. 본래의 성정도 그렇고 시스템도 그렇게 하기를 종용하고 있다. 비록 엘렌은 빛의 성웅이 아닌 빛의 건물주나 빛의 사기꾼으로 생각하고 있기는 하지만 말이다.

"그러나 저는 그럴 생각이 전혀 없습니다. 아니, 해서도 안 되는 거겠죠. 우리는 존중받아야만 하는 사람이니까요. 사람이란 그 가치는 이 세상의 그 무엇보다도 귀하다고…… 개인적으로 저는 그렇게 생각하고 있습니다."

"……."

"이 자리에서 약속하겠습니다. 만약 제가, 제가 가진 권리를 남용하여 퀘스트 클리어에 악영향을 끼친다면 여러분 앞에서 무릎 꿇고 사죄하겠습니다. 또한 제 이기적인 행동으로 인해 피해를 입는다면, 그 피해에 대해 성심을 다해 보상을 하겠습니다."

"……."

신희현은 주위를 둘러봤다.

'강유석 시절 때가…… 통솔이 훨씬 쉬웠던 건 맞아.'

지금 생각해 보면 그렇다.

그때의 공포정치. 물론 나쁘다. 당연히 나쁜 건데, 적어도 던전 혹은 퀘스트 클리어에 있어서만큼은 가장 효율적이고 좋았다.

'적은 피해로 큰 피해를 막아내기도 했지.'

물론 그 '적은 피해'에는 강압적인 명령이 들어가 있기는 했지만.

'그런 측면에서 보면…… 어쩌면…….'

어쩌면 강유석은 효율적인 선택을 하기 위해서 일부러 그러한 짓을 벌였던 것은 아닐까.

그런 생각이 아주 잠깐 들었다가 사라졌다.

'아니, 그렇지 않아.'

단순히 그렇다고 보기에는 강유석의 행동은 너무 지나쳤다. 지나치다 못해 완전히 미쳐 있었다.

신희현이 말했다.

"저는 저의 권리를 이용하여 특전을 누리고 있는 것이 아닙니다."

"……."

"저는 이 자리에서 약속합니다. 저는 모든 관문에 참여할 겁니다."

플레이어들이 듣기에는 이상했다.

분명 한 플레이어는 한 번의 던전 입성에서 두 개의 관문까지만 입장이 가능하다고 했는데.

"제가 지금 제시하는 것은 이 던전을 가장 효율적으로 클리어하기 위한 것입니다. 제게 같잖은 영웅 심리는 없습니다. 다만, 여러분을 전부 가족 품으로 돌려보내고 싶습니다."

영체화 상태를 유지하고 있던 엘렌의 날개 끝이 구부러졌다.

이거, 아닌 거 같습니다.

하지만 그녀의 표정은 밝아 보였다.

"가장 효율적인 선택을 하여 플레이어들을 가장 안전한 길로 인도하는 것. 그것이 바로 길잡이의 의무이자 신성한 권리라 생각합니다."

엘렌의 날개가 더 구부러졌다. 뭔가 아닌 것 같은데 그 뭔가가 뭔지 구체적으로 알 수 없었다.

"그리고 저는 이 자리에서 길잡이의 임무를 다할 것을 여러분 앞에 굳게 맹세합니다."

엘렌의 날개가 완전히 구부러져서 등에 닿았다.

여전히 뭔가 아닌 것 같기는 한데 또 맞는 것 같기도 하고.

신희현 플레이어가 언제부터 그렇게 신성한 의무를 다했으며 굳은 맹세를 했던가.

역시 뭔가 아니다. 뭔지는 모르겠지만.

그때, 알림음이 들려왔다.

[성웅의 증표에 긍정적인 영향을 끼칩니다.]
[성웅의 증표에 긍정적인 영향을 끼칩니다.]
[성웅의 증표에 긍정적인 영향을 끼칩니다.]

기세를 몰아 신희현이 한마디를 더했다.

"던전 혹은 퀘스트 클리어 수행에 관한 합리적 대안은 받겠습니다. 다만, 형평성 논란을 일으킬 수 있는 반론은 허용하지 않겠습니다. 우리에게 주어진 시간이 이제 10분밖에 남지 않았습니다. 이러한 작은 시간들이 모여……."

엘렌은 생각했다.

지금 그 시간, 신희현 플레이어께서 일부러 끈 것 같았다. 그런데 신희현, 아니, 빛의 사기꾼은 지금 그 책임을 반론을 제시한 플레이어에게 교묘하게 돌리고 있는 것처럼 보였다.

지금 분위기에서 효과는 아주 좋았고.

"이러한 작은 시간들이 모여…… 전체 퀘스트 클리어에 막대한 영향을 끼치게 됩니다. 부디 제가 제 의무를 다할 수 있도록 여러분께서 도와주시면 좋겠습니다."

얼마 뒤 캡틴의 말이 들려왔다.

"인원 선정은 모두 끝났겠지? 크고 멋진 항해를 시작해 볼까?"

신희현은 허공에서도 사뿐사뿐 걸었다. 스카일 덕분이다. 그렇게 해서 바다까지 내려갔다.

캡틴은 그런 신희현을 보며 흥미롭다는 듯한 눈길을 보냈다.

신희현과 같은 조에 속하게 된 헤라클레스의 리더 김경수는 조금 안심했다.

'다행이다.'

그는 물이 무서웠다.

물이 무섭지만 여기엔 특별한 장치가 있는 것 같았다.

바로 다이빙을 하지 않아도, 신희현처럼 저렇게 걸어서 내려갈 수 있는 것 같았다. 그래서 안심하고 몸을 던졌는데.

"으아아아악!"

무서웠다.

거대 몬스터는 두렵지 않지만 물은 무서웠다.

비명을 질렀다.

어쨌든 그에게도 알림이 들려왔다.

[허무의 들판에 입장하였습니다.]

다행이었다. 물속이 아니었다. 신희현이 말한 대로 새로운 공간이었다.

주위를 둘러봤다.

'잿빛 세상인가…….'

회색으로 물든 세상처럼 보였다.

신희현도 주위를 탐색했다.

'허무의 들판.'

플레이어들이 회색으로 보였다. 원래의 색을 잃어버리고 회색빛으로 물들어버렸다.

일반인들이 이런 상황에 처했다면 비명을 질렀겠지만, 그래도 이곳에 모인 플레이어들은 최상급 플레이어들. 자신의 몸이 회색으로 보인다는 것 때문에 발작을 일으키는 사람은 없었다.

"클리어 조건에 대한 알림을 받은 분이 있습니까?"

"……."

아무도 없었다.

'클리어 조건부터 파악을 해야겠어.'

이곳은 전체적으로는 들판의 형태를 하고 있다. 그러나 단순한 들판은 아니었다.

들판이라 함은 보통 흙 위에 잔디와 같은 풀들이 자라 있다. 그런데 이곳의 들판은 빌딩처럼 솟아 있었다.

김경수가 말했다.

"빌딩 숲 같네요. 저것들이 공격을 하지는 않겠죠?"

마치 회색 흙과 회색 풀로 이루어진 빌딩 숲 같았다.

신희현은 생각에 잠겼다.

'이름은 허무의 들판. 그런데 들판은 아니다.'

여기에 뭔가 단서가 숨겨져 있을 확률이 높았다.

'이곳을 이루고 있는 것은…… 흙과 풀들. 몬스터는 아냐.'

아직은 모르겠다.

그때, 초감각에 뭔가가 걸렸다.

이쪽을 향해 달려오다가.

깨갱!

소리와 함께 다시 멀어져 갔다.

신희현이 재빨리 윈더를 소환하여 놈들을 살폈다.

상급 정령 윈더는 또 자기 합리화를 시작했다.

'정찰을 하는 것도 위대한 업무의 일환이다.'

교감으로 이어져 있는 신희현이 명령을 내렸다.

'공격해 봐.'

거리가 멀어서 레벨 디텍터의 활용은 불가능했다.

윈더가 가볍게 공격했다.

신희현은 고개를 갸웃했다.

'응……?'

윈더의 가벼운 공격에 늑대처럼 생긴 몬스터 하나가 죽어 버렸다.

'너무 약하다.'

예전에 봤었던 블랙 야크나 블랙 라이언처럼 '기'를 두르고 있는 형태의 몬스터가 처음 나오는 곳인 아탄티아다. 그런 아탄티아 던전의 몬스터인데, 너무 약했다.

'동물계 몬스터라 제왕의 발톱에 민첩하게 반응을 한 것 같고.'

정보는 대충 파악했다.

"조금씩 이동하면서 클리어 조건을 확인해야겠습니다. 몬스터 한 종류가 발견되었습니다. 늑대의 형상을 하고 있으며…… 일단은 회색 늑대라 명명하겠습니다. 상당히 약합니다. 레벨은 300대 후반 정도로 추정됩니다."

"300대 후반이요?"

생각보다 너무 약했다.

그때, 알림이 들려왔다.

[시간 카운트가 시작됩니다.]
[30:00]

모든 플레이어의 눈에 시간이 보이기 시작했다.

김경수가 말했다.

"30분의 시간제한이 시작되었습니다."

"그렇군요."

신희현은 잠시 눈을 감았다.

저런 시간 같은 거, 보지 않는 게 평정심 유지에 더 유리하다.

'시간제한이 있다.'

저 시간이 끝난 뒤에 뭐가 어떻게 되는지에 대한 정보도 없다.

정보의 부재로 인해 찾아드는 공포와 무력감은 플레이어들을 궁지로 내몰게 될 것이다.

'30분이면 그렇게 여유로운 시간도 아니지.'

신희현은 다시 한번 초감각을 활성화시켰다.

주위에는 아무것도 없었다.

아무래도 안 되겠다. 제왕의 발톱이 좋기는 한데, 주변의 몬스터를 전부 쫓아낸다.

'몬스터의 레벨이 지나치게 낮아.'

그렇다면 이곳의 몬스터는 실제로 '사냥해야만 하는 대상'
이 아닐 확률이 매우 높다는 소리다.

'그런데 굳이 몬스터가 존재하고 있다는 건.'

몬스터가 이곳 클리어를 위해 어떠한 정보를 제공할 확률
이 높다는 소리다.

신희현은 제왕의 발톱을 인벤토리 안에 넣었다. 그리고 플
레이어들을 넓게 포진시켰다.

그사이 약 5분의 시간이 흘렀다.

김경수가 물었다.

"주변을 탐색하게 할까요?"

"아뇨."

그것보다 그냥 윈더를 시켜서 주변을 훑는 것이 훨씬 더
빨랐다.

그사이 또 5분이 흘렀다.

이제 남은 시간은 20분.

플레이어들은 조금씩 초조해하기 시작했다.

플레이어들이 보기에 신희현은 지금 아무것도 안 하고 있
는 것처럼 보였다. 윈더를 통해 주변을 탐색하고 있는 것을
제대로 파악하지 못했으니까.

물론 뭔가를 하고 있을 거라고 생각은 한다만, 그래도 불
안하기는 했다. 자꾸만 시간이 줄어들고 있었으니까.

신희현이 뭔가를 발견했다.

'아.'

그리고 그와 거의 동시에.

"몬스터들을 발견했습니다."

또 다른 몬스터들이 발견됐다.

신희현의 머릿속에 하나의 그림이 그려졌다.

'이건 우연이 아니다.'

회색빛 물결이 불어닥치기 시작했다.

"모, 몬스터들이 밀려듭니다."

어디에 저만한 몬스터가 숨어 있었는지.

대략 수십만은 될 것 같았다.

눈앞이 전부 회색 물결로 가득 찼다.

회색 쥐였다.

쥐 떼가 몰려들고 있는 거다.

신희현이 말했다.

"침착하세요."

레벨 디텍터를 사용해서 정확한 레벨을 파악했다.

[레벨: 337]

레벨이 337이다.

이곳에 모인 플레이어 대부분 레벨이 400중반대라는 것을 감안하면 저 정도의 몬스터가 아무리 떼로 몰려들어도 당황할 필요는 없다. 다만 이 플레이어들은 이런 경험이 없어서 당황하는 것뿐.

지금은 전투 상황. 모든 전투 상황에서 모든 리더가 그러하듯 신희현 역시 자연스레 반말로 명령을 내렸다.

"레벨이 100 넘게 차이 난다. 침착해."

레벨 절대 룰에 익숙해져 있는 플레이어들이라면 덜 당황했을 수도 있다.

PVP가 일상화되었던 과거와 비교하면 지금은 레벨 절대 룰을 시험할 기회가 많이 적었다. 고구려와 빛의 성웅이라는 막강한 힘이 질서를 다잡고 있기 때문이었다.

어쨌든 신희현은 빠르게 판단을 내렸다.

"놈들에게 절대 공격을 가하지 마."

놈들과 싸우는 것 자체는 별로 문제가 안 된다.

그런데 한번 싸우기 시작하면 이 물결이 뒤엉키기 시작할 거다. 놈들을 자극하면 놈들의 대열이 완전히 흐트러질 거고 혼돈의 도가니가 될 거다.

"우리는 놈들과 함께 이동한다."

탁민호도 고개를 끄덕였다.

그 역시 파악했다.

이 몬스터들, 단순한 몬스터들이 아니다.

눈앞에서 줄어들고 있는 숫자, 밀려드는 몬스터.

뭔가를 암시하고 있다. 게다가 이 몬스터들은 생각했던 것보다 훨씬 약하다.

'게다가 빛의 성웅을 향해 달려들고 있다.'

빛의 성웅은 특별한 능력이 있다. 탁민호는 그걸 이미 알고 있다.

약한 몬스터, 특히나 동물계 몬스터는 신희현을 보면 도망치는데 이번에는 그러지 않았다. 오히려 달려들고 있지 않은가.

그렇다는 건 신희현보다도 무서운 뭔가가 놈들을 내쫓고 있는 거라 생각할 수 있다.

200명이 넘는 플레이어 역시 신희현과 함께 뛰기 시작했다.

신희현이 뛰면서 말했다.

"체력 관리 똑바로 해. 얼마나 뛰어야 할지 모르니까."

카운트다운은 아직도 15분이 넘게 남았다. 신희현이 예상하기로 적어도 15분은 달려야 할 거다.

어쩌면 그 이상이 될 수도 있고.

'이 숫자가 의미하는 게 뭐지.'

그리고 그 의미는 카운트가 '00:00'이 되었을 때 비로소 알수 있었다.

잿빛 언덕이 빌딩처럼 솟아 있는 지형. 이것들이 무너져 내리기 시작했다.

쿵!

커다란 소리와 함께 회색빛 먼지가 피어올랐다.

저만치 멀리, 꽤나 멀리 떨어져 있는 곳이었다.

신희현은 직감했다.

'도미노인가.'

도미노였다. 그것도 넓게 퍼지는 도미노.

여기까지 도망쳐 오면서 알아냈던 거다.

이 빌딩 같이 솟은 것들에는 일정한 규칙이 있었다. 점점 더 넓게 퍼지면서 넘어지도록 설계되어 있었다.

'이것들은⋯⋯.'

윈더를 보내서 이쪽을 향해 덮쳐 오고 있는 도미노의 물결을 탐색하려고 했는데.

'이동이 불가합니다.'

이동이 불가하다는 윈더의 대답이 들려왔다.

'무슨 뜻이야?'

'공간 자체가 소멸되고 있습니다.'

신희현은 인상을 찡그렸다.

저건 안 좋다. 공간 자체가 소멸한다는 건 더 이상 디디고 있을 땅이 사라지고 있다는 소리다.

땅뿐만 아니라 공기도 시간도 전부 없어져 버린다.

플레이어에게 있어서 그건 곧 죽음을 의미한다.

도미노의 물결은 회색빛 먼지를 피워 올리며 아주 빠르게 접근해 왔다.

탁민호가 뭔가를 발견했다.

"리, 리더! 저쪽에 뭔가가 있습니다!"

뭔가가 보였다.

땅이었다.

가로 약 3미터, 세로 약 3미터 정도.

그곳에서 붉은빛이 은은하게 뿜어져 나오고 있었다.

몬스터들은 그곳을 향해 움직였는데.

'워프 포탈?'

아마도 다른 공간으로 이동을 하게 만들어주는 포탈일 확률이 높았다.

신희현이 빠르게 명령을 내렸다.

"저것에 대해 파악해."

그사이 김상목이 말했다.

"무너져 내리고 있는 것이 근접했습니다. 약 15초 뒤면 이곳에 도달할 겁니다."

그러는 사이 회색 몬스터들은 그 워프 포탈을 향해 계속해서 뛰어내리듯 달려갔고 몬스터들의 모습이 조금씩 사라졌다.

그래 봤자 워낙에 많은 몬스터라 티도 안 날 정도였지만.

신희현이 다시 명령을 내렸다.

"투시를 활용해서 안쪽을 살핀다."

시간이 없다는 건 안다.

뒤쪽의 공간이 무너져 내리고 있고 그것은 거의 근접했다.

'남은 시간은 10초.'

10초 안에 제대로 파악하지 못하면 일단 몸을 던지고 봐야 했다.

'민호 형이라면 분명 알아낼 거다.'

과거에도 그랬었으니까.

어째서 이곳, 허무의 들판에 대해 자세한 얘기를 해주지 않았는지는 모르겠지만 어쨌든 탁민호는 분명 이곳을 클리어했었다.

그때보다 더 성장한 탁민호다. 믿어보기로 했다.

탁민호가 말했다.

"여기는……."

김상목이 외쳤다.

"시간이 없습니다!"

뒤쪽 대열에 있던 플레이어 두 명이 으아악! 소리를 질렀다. 피어오르고 있는 회색 먼지에 몸이 닿았을 뿐인데 몸이 사라졌다.

고통이 없다는 게 더 두려웠다.

구멍이 뚫리는 상처를 입은 것도 아니다. 그냥 먼지에 닿은 부분 자체가 사라져 버렸다. 몸의 일부가 원래 없던 것처럼 말이다.

몸에 구멍이 뻥뻥 뚫렸다. 그럼에도 불구하고 살아는 있었다.

그 기괴한 광경에 플레이어 몇이 앞으로 달렸다.

"씨발!"

일단 몸부터 던지고 봤다.

탁민호는 확인할 수 있었다.

'저긴, 안 된다.'

몸을 던졌는데 그 몸이 갈가리 찢겨져 나가는 게 보였다.

마치 분쇄기에 사람을 넣은 것 같았다.

신희현은 탁민호의 표정을 읽었다.

'여기서 말을 할 수 없는 모양이다.'

저곳은 아니라는 확신이 들었다.

시간이 넉넉지 않았다. 그에게 남은 시간이라 해봐야 끽해야 몇 초 수준.

"달려!"

또 달렸다.

바로 뒤, 플레이어들을 말 그대로 '지워 버리는' 공간이 덮쳐 오고 있고 실제로 몬스터들은 사라져 가고 있다.

플레이어 약 200명은 혼신의 힘을 다해 달렸다.

왼쪽에 하나, 오른쪽에 하나.

아까와 비슷한 형태의 워프 포탈이 보였다. 탁민호는 입술을 깨물었다.

'몬스터가 들어가는 걸로는 확인이 안 돼.'

사람이 저 안으로 들어가야 했다.

그래야만 저곳이 맞는 통로인지 아닌지 구별이 된다.

그러던 와중.

"어어…… 어어……!"

플레이어 하나가 회색 쥐 물결에 밀려들어 가듯 왼쪽 워프 포탈에 빠졌다.

'투시.'

투시를 사용했다.

끔찍한 광경을 또 보고 말았다. 아무래도 저 워프 포탈도 함정인 것 같다.

'방법을 찾아야 한다.'

사람을 넣어서 확인해야만 저게 안전한 곳인지 아닌지 판단을 내릴 수 있다.

'내가 그런 짓을…….'

할 수 없었다. 아니, 하면 안 됐다. 내가 살기 위해서 남을 죽일 수는 없지 않은가.

이쯤 되면 플레이어들도 뭔가 이상하다는 것을 알아차렸을 거다.

사실 플레이어들은 지금의 상황을 제대로 파악하지는 못했다. 그들은 지금 살기에 급급했다. 이 무너져 가는 공간 속에서는 생존 본능 외에 아무것도 떠오르지 않았으니까.

신희현쯤 되는 길잡이나 상황을 제대로 파악하고 있을 뿐
이다.

'사람이 들어가야 확인이 되는 곳인가 보군.'

만약 정말로 그렇다면.

'나는 선택을 내려야 한다.'

이곳은 전쟁터다.

전쟁에서 승리하기 위해서 뛰어난 지휘관이라면 어떤 방
법이든 써야 한다. 피해를 최소화하면서 말이다.

신희현은 언제든 그럴 준비가 되어 있다.

'아름다운 선택만 할 수는 없어.'

그렇다면 결국 선택은 리더인 자신이 해야만 하는 게 옳
다. 탁민호에게 모든 짐을 떠넘길 수는 없다.

'하지만.'

한 번 더 실험을 해보기로 했다.

이러한 경우, 길이 여러 개가 있을 확률이 높으니까.

"달려."

신희현이 다시 명령을 내리면서 한 손으로 쥐 하나를 들고
서 오른쪽 워프 포탈을 향해 던졌다.

"투시 사용해!"

탁민호는 얼떨결에 그 명령을 이행했다.

'부, 분쇄되어 죽었다!'

회색 쥐가 그냥 들어갔을 때와는 다른 현상이 일어났다.

전율이 일었다.

'이거라면……!'

이유야 어찌 됐든 뭐가 어찌 됐든 상관없었다.

저만치 앞, 약 30미터 앞에는 또 다른 워프 포탈이 보였다.

'사람의 손을 탄 쥐가 완벽한 힌트가 된다!'

쥐가 아니라 늑대쯤 되면 더욱 확실하게 확인이 가능할 거고.

탁민호의 표정을 본 신희현은 씨익 웃었다.

'방법을 찾아냈네.'

다행이라면 다행인 일이었다.

몬스터들이 어떠한 식으로든 도움이 될 거라는 생각에, 그리고 사람이 들어가야 확인이 된다는 것과 연결시켜 생각을 해서 한번 시도나 해봤다.

만약 이 시도가 실패했다면 그는 플레이어를 지목해서 들어가게 했을 거다. 빛의 성웅의 평판에 악영향이 갈지라도. 결국 살 사람은 살아야 했으니까. 최후의 던전까지 가서 결국 누군가는 HAN을 얻어야 했으니까.

신희현은 그런 명령을 내릴 수 있는 준비가 되어 있었다.

탁민호는 세 번의 시도 끝에 제대로 된 워프 포탈을 찾을 수 있었다.

"저기입니다!"

신희현은 망설이지 않았다.

더 이상 망설일 시간도 없다.

신희현은 누군가를 워프 포탈에 넣어서 그곳이 안전한지 확인할 각오도 되어 있지만, 안전이 확인된 곳이라면 그 누구보다 빨리 움직여서 그 안에 들어갈 준비도 되어 있다.

리더가 먼저 행동을 보여야 한다. 리더는 책임과 권리를 동시에 지닌다.

신희현이 가장 먼저 몸을 던지자 플레이어들 역시 망설이지 않았다. 모두 그 안으로 몸을 던졌다.

그사이 회색 쥐 무리를 제대로 헤쳐 나오지 못한 여섯 정도의 플레이어가 무너져 내리는 공간 속에서 사라져 버렸다.

알림음이 들려왔다.

[축하합니다!]
[행운의 은신처에 도착했습니다.]

신희현이 말했다.

"수고하셨습니다, 탁민호 씨."

"아닙니다. 빛의 성웅께서…… 도와주셨기 때문입니다."

그 짧은 순간에 몬스터가 힌트가 될 것을 파악하고 상황이 이렇게 되도록 만들었다.

탁민호가 말을 이었다.

"빛의 성웅께서 가장 먼저 움직이지 않으셨다면……."

그랬다면.

"피해가 훨씬 늘었을 겁니다."

몇 초만 더 지체했어도 최소한 몇 명은 더 사라졌을 거다. 그 망설이는 시간 동안.

김상목은 남몰래 고개를 끄덕였다.

'빠른 결단력에…… 정확한 상황 판단, 그리고 그걸 실제로 행동으로 옮길 수 있는 행동력까지.'

빛의 성웅이 신희현이라서 다행이라는 생각이 들었다.

알림이 이어졌다.

['허무의 과정'이 진행 중입니다.]

[약 30분 뒤, 허무의 과정이 끝이 납니다.]

[행운의 은신처의 여러분은 이제 안전합니다.]

[행운의 은신처는 여러분에게 휴식을 제공합니다.]

이곳 역시 회색의 공간. 정사각형 형태의 방인 것 같았다.

플레이어들은 거친 숨을 몰아쉬며 휴식을 취했다.

탁민호는 길잡이답게 휴식을 취하는 것 대신 이곳을 살폈다.

그리고 뭔가를 발견했다.

"신희현 씨, 잠시 얘기할 것이 있습니다."

탁민호가 귓속말로 신희현에게 속삭였다.

신희현의 표정이 아주 잠깐 굳어졌다. 평화의 섬 때와 마찬가지였다.

'이곳에도 내가 모르는 비밀들이 숨어 있다.'

탁민호가 말해줬다. 벽면 뒤편에 뭔가가 있다고.

탁민호는 한쪽 벽면으로 가서 무언가를 찾듯 한참을 더듬거렸다.

이내 벽면을 향해 팔을 뻗었다. 신기하게도 벽면 안으로 팔이 쑥 들어갔다.

신희현은 잠자코 그를 지켜봤다.

'저건……'

주먹만 한 크기의 파란색 돌이었다.

'저게 뭐지?'

알림도 들려왔다. 허무의 과정이 약 5분 남았다는 알림이었다.

그 순간, 퍼뜩 생각이 미쳤다.

'왜 이런 생각을 하지 못했던 거냐?'

허무의 과정이 끝나면 '허무의 들판' 클리어가 완료된다.

그사이, 그러니까 약 30분 동안 플레이어들은 이 행운의 은신처에 몸을 숨기고 있게 된다. 안전하게 클리어를 기다릴 수 있는 것이다.

그런데 '왜 굳이?'라는 생각을 해보면.

'이곳 안에 뭔가가 숨겨져 있던 거다.'

저 조약돌, 뭔지는 모르겠지만 분명 어떻게든 쓰임새가 있을 것이다.

'과거의 민호 형은 저것을 발견했을까?'

모르겠다. 발견했을 수도 있고 발견하지 못했을 수도 있다.

그 당시 탁민호는 저 돌에 관해 이야기하지 않았었다.

탁민호가 말했다.

"저한테는 소유권이 없다고 나옵니다."

아이템을 소유하는 것에는 몇 가지 제약이 따르는 것 같았다.

"허무의 들판을 클리어하는 것에 가장 큰 영향력을 끼친 플레이어에게 소유권이 있다고 하는데요."

그렇다면 두말할 필요도 없다. 신희현을 위한 아이템이란 소리 아니겠는가.

탁민호는 신희현에게 그 조약돌을 건네줬다.

"아이템의 이름도 설명도 저는 열람할 수 없어요. 뭔지 알려주실 수 있겠습니까?"

신희현이 조약돌을 받아 들었다.

['히든 피스-허무의 들판'을 획득하였습니다.]

[히든 피스-허무의 들판의 소유권이 인정됩니다.]

인벤토리를 열어 '히든 피스-허무의 들판'이란 아이템의 설명을 확인했다.

〈히든 피스-허무의 들판〉

허무의 들판을 클리어하는 데 혁혁한 공을 세운 플레이어에게 주어지는 숨겨진 조각. 허무의 들판을 클리어했다는 증표.

효과 :

　(1) 허무의 들판과 관련한 칭호 업그레이드

　(2) 확인 불가(히든 보드 필요)

신희현이 대답했다. 설명을 대충했다.

"허무의 들판에서 나오는 특별한 조약돌입니다. 허무의 들판을 클리어했다는 증표가 주어집니다."

탁민호가 물었다.

"효과는요?"

"허무의 들판에서 추가 경험치를 얻습니다."

정확한 얘기를 해주지 않았다.

엘렌은 직감했다.

'지금 사기 치고 계신다.'

분명 저 효과가 아닐 터였다. 저것보다는 훨씬 좋은 효과일 텐데 일부러 숨기고 있는 것이 틀림없었다.

"제게 소유권이 있는 아이템을 찾아주셔서 정말 감사합

니다."

"에이, 뭘요. 애초에 빛의 성웅께서 제게 큰 가르침을 주셔서 제가 이렇게 성장할 수 있지 않았습니까? 제가 조금이나마 도움이 되어 기쁩니다."

엘렌은 말해주고 싶었다.

뭔지는 모르겠지만, 당신 속고 있습니다. 분명 그러합니다.

그렇게 말이다.

그때 알림음이 들려왔다.

[허무의 과정이 완료되었습니다.]
[허무의 들판 클리어가 인정됩니다.]
[클리어 등급을 산정합니다.]

누군가가 외쳤다.

"클리어 등급이다!"

"대박이네."

대박이었다. 한 관문에서 클리어 등급을 산정하는 경우는 그렇게 흔치 않다.

보통의 경우, 관문 클리어가 아니라 던전 전체가 클리어되었을 때에 클리어 보상이 주어지니까.

[현재 인원을 파악합니다.]

[클리어 참여 인원의 레벨을 파악합니다.]

시간이 조금 흘렀다.

신희현은 생각했다.

'해봐야 A등급. 정말 운 좋으면 S등급 정도 되겠지.'

노블레스 등급은 생각조차 하지 않았다. 그러기엔 인원이 많았고 플레이어들의 레벨이 너무 높았다.

과거, 플레이어들의 레벨은 끽해야 400대 초중반. 하지만 지금은 400대 중반을 훌쩍 뛰어넘는 이가 수두룩하다.

그래서 노블레스 등급 클리어는 절대로 나오지 않을 거라 생각했다.

'그런데…….'

뭔가 조금 이상했다.

'시간이 너무 오래 걸려.'

등급 산정에 너무 오랜 시간이 걸렸다.

'이건 설마.'

이건 말도 안 된다.

[노블레스 등급 클리어로 인정됩니다.]

그와 동시에 플레이어들이 저마다 소리쳤다.

우와아아!

사기가 하늘을 찔렀다.

"난 레벨도 올랐어."

"나도."

"나도 레벨 올랐는데? 맙소사, 노블레스라니. 예상도 못했다."

노블레스 등급 클리어란다.

'아니, 이건 좋지 않다.'

플레이어들의 레벨이 많이 높아졌다. 그런데도 노블레스 등급 클리어가 주어졌다.

'그렇다는 말은.'

이건 분명.

'던전의 난이도가 높아졌다는 소리다.'

플레이어들의 레벨에 맞춰서 상향 조정되었다는 뜻일 확률이 매우 높았다.

신희현의 마음을 아는지 모르는지 플레이어들은 만세를 불렀다. 개중에는 노블레스 등급 클리어를 단 한 번도 해보지 못한 플레이어도 많았다.

[보상이 주어집니다.]

['허무의 들판을 정복한 자' 칭호가 주어집니다.]

여기까지는 예상했다.

[노블레스 등급 클리어 효과로 인해 추가 보상이 지급됩니다.]
['허무의 들판을 정복한 자' 칭호가 회수됩니다.]
['허무의 들판을 정복한 위대한 자' 칭호가 주어집니다.]

이런 건 예상하지 못했다.

칭호가 한 단계 업그레이드되어서 주어졌다. 단순히 '+1' 칭호와는 다른 개념이다. 아예 등급 자체가 더 높은 칭호다.

그런데 신희현에게는 다른 알림이 들려왔다.

[히든 피스─허무의 들판을 확인합니다.]
['허무의 들판을 정복한 위대한 자' 칭호가 회수됩니다.]

신희현에게는 또 다른 칭호가 주어졌다.

['허무의 들판을 다스리는 자' 칭호가 주어집니다.]

이런 건 모른다. 전혀 모르고 있던 칭호였다.

칭호 효과가 무엇인지 확인부터 해보기로 했다.

〈허무의 들판을 다스리는 자〉

허무의 들판을 정복한 위대한 군주에게 주어지는 칭호.

효과 :

(1) 특정 스킬의 효과 증폭 30퍼센트(일회성)

(2) 아탄티아 군주 자격 획득

신희현이 몸을 부르르 떨었다.

특정 스킬의 효과를 30퍼센트나 증폭시켜 주는 스킬이 주어졌다.

일반적으로 '버퍼'가 사용하는 버프의 경우 1프로~10프로 사이의 버프 효과를 준다. 그런데 30퍼센트나 증폭해 주는 효과를 가지고 있다.

'이건……'

딱 맞는 스킬이 있다.

'올 스킬 리듀스.'

모든 스킬을 사용할 때 마력 소모량을 비약적으로 줄여주는 획기적인 스킬. 탑 메이지 김소라 역시 익히고 있었던 그 스킬 말이다.

신희현은 지체하지 않았다.

['허무의 들판을 다스리는 자' 칭호의 효과를 '올 스킬 리듀스'에
적용하시겠습니까?]

올 스킬 리듀스에 칭호 효과가 적용됐다.

'이거면……'

정령왕 칸드를 어느 정도 부릴 수 있을 거다.

소환사의 비술에 올 스킬 리듀스, 거기에 칼리아의 반지까지.

소환사의 비술로 초기 소환 마력을 0으로 만들고 올 스킬 리듀스를 통해 마력 소모를 획기적으로 줄이면서 칼리아의 반지를 통해 마력을 흡수하면.

'칸드를 좀 더 편하게 운용할 수 있겠지.'

아주 좋다.

신희현은 그렇게 평가했다.

알림이 들려왔다.

[캡틴의 배로 귀환합니다.]

캡틴이 싱글벙글 웃었다.

"이야, 많이들 살아서 돌아왔네. 아주 좋은 친구들이야. 그중에서도 너는 아주 신기하군, 신기해."

캡틴이 신희현에게 가까이 다가갔다. 신희현은 인상을 살짝 찡그렸다.

'귀찮게 됐군.'

예상하지 못했던 건 아니었는데 캡틴의 이목을 너무 끌어

버렸다.

캡틴은 심기를 거스르지만 않으면 별다른 문제를 일으키지는 않는데 신희현은 그것조차 귀찮다.

"너 혹시 초월자냐?"

신희현이 고개를 끄덕였다.

"너보다 레벨이 높다."

"오잉오잉? 내 레벨을 알고 있어?"

"511."

캡틴이 싱글벙글 웃었다.

"정말 엄청난 녀석이 굴러들어 왔군."

신희현의 예상과는 다르게 캡틴은 다시 원래 있던 자리로 돌아갔다.

캡틴의 말이 알림음처럼 모든 플레이어에게 들려왔다.

–다음 목적지는 6시간 정도 걸려. 그러니까 푹 쉬는 것이 좋을 거야. 각 배끼리 통신할 수 있는 패널은 선실 말미에 있으니까 알아서들 사용하고.

플레이어들은 애초 의도한 대로 순번을 짜서 원거리 공격을 퍼부었다.

아탄티아호가 지나가는 자리는 붉은 핏물만이 남을 정도였다.

김상목이 말했다.

"강민영 씨가 잠시 신희현 씨와 얘기하고 싶답니다."

"민영이가요?"

"패널 쪽으로 안내하겠습니다."

며칠 전 신희현은 이렇게 말했었다.

무슨 일이 있어도 두 번째 관문에는 들어가지 말라고.

'지저의 천공.'

아탄티아호의 두 번째 항해, 다시 말해 두 번째 관문은 지저의 천공이다.

신희현이 그토록 치를 떠는 그곳.

길잡이 홍경식의 비열한 술수에 말려들어 많은 플레이어가 죽었고 강민영도 지저의 천공을 다스리는 몬스터 말터에게 죽었었다.

다른 곳은 몰라도 적어도 지저의 천공만큼은 강민영이 들어가지 않기를 바랐다.

그래서 절대로 안 된다고 강력하게 얘기해 놨다.

강민영이 배시시 웃었다.

패널을 통해 강민영의 모습이 보였다.

구 형태의 패널은 강민영의 모습을 홀로그램으로 띄웠다.

물론 연결을 하고 있는 두 사람만 보이는 홀로그램이다.

-오빠 보고 싶어서. 그래서 먼저 연락했어요.

신희현이 피식 웃었다.

-나도 보고 싶다.

이렇게 사랑스러운 미소를 짓고 있는 여자를, 과거에는 잃었었다.

앞으로 지저의 천공이 다가온다 생각하니 괜스레 마음이 짠해졌다.

'이번에는 잃지 않아.'

신희현이 말했다.

-나를 이해하지 못할 거란 거 나도 알아.

-응, 엄청 궁금하기는 해. 그래도 오빠가 나한테 언젠가는 말해줄 거라고 믿으니까.

신희현이 고개를 끄덕였다.

강민영을 언제까지 속일 생각은 없었다.

세상 사람 모두가 배신해도 강민영만큼은 자신을 배신하지 않을 거라는 걸 안다.

과거에도 그랬고 지금도 그렇다.

자신도 강민영을 위해 죽을 준비가 되어 있는 사람이고 강민영 역시 자신을 위해 기꺼이 죽어줄 수 있는 사람이란 걸 안다.

이건 이성적으로는 절대로 이해할 수 없는 부류의 감정이기도 했다.

　-아탄티아가 끝난 뒤에 전부 말해줄게.

　-전부 말해주지 않아도 괜찮아. 말했잖아. 오빠랑 같은 길을 걸으면서 오빠 어깨 위에 있는 짐, 내가 조금 나눠 들겠다고.

　얼마간 여느 커플과 마찬가지로 알콩달콩 사랑의 밀어를 속삭인 뒤 신희현은 강민영과의 통화를 마쳤다.

　'말터 이 개새끼는…….'

　과거의 말터와 지금의 말터가 같은 놈은 아니다.

　말터가 강민영을 죽인 사건은 아직 벌어지지도 않았고 벌어질 일도 없다.

　하지만 과거, 눈앞에서 말터가 강민영을 찢어 죽였던 그 광경은 아직도 눈에 선하다.

　분노가 이글이글 타올랐다.

　'반드시 죽여 버린다.'

　시간이 흘렀다.

　캡틴의 목소리가 들려왔다.

　-자자, 다음 항해의 목적지가 이제 1시간도 남지 않았어. 다음 항해를 함께할 용기 있는 친구들은 누가 있을까?

　다시 10분이 흘렀다.

김상목이 반론을 제기했다. 신희현이 또다시 이번 관문에 참여하겠다는 뜻을 밝혔기 때문이다.

"또 신희현 플레이어가 간다면…… 그다음부터는 누가 인도를 한단 말입니까?"

신희현이 이상한 말을 했다.

"그다음에도 제가 인도합니다."

"……예?"

한 플레이어는 두 개의 관문까지만 참여가 가능하다.

김상목이 물었다.

"……그게 무슨?"

6장
데스나이트

신희현이 말했다.

"저는 모든 관문에 참여할 겁니다."

"……예?"

"이곳의 조건, 기억하시나요? 한 번의 플레이에 한 명의 플레이어가 두 번의 관문까지 참여할 수 있다고 했습니다. 그 설명에는 약간의 맹점이 있죠."

'한 번의 플레이'에 '두 개의 관문'까지 참여할 수 있는 거다. 그렇다면 두 번의 플레이에는?

"저는 이곳에 재입장할 겁니다. 그렇게 되면 한 번이 아닌 두 번의 클리어 시도가 되고, 네 번의 관문 입장이 가능해집니다."

이곳은 재입장이 가능한 던전이다. 이미 알고 있는 사실이다. 왜냐하면 과거의 홍경식이 그랬었으니까.

그는 플레이어 수백 명을 몰살시켜 놓고 뻔뻔하게도 다시 모습을 드러냈다.

그때는 그 누구도 홍경식을 탓하지 못했었다. 누가 뭐래도 그는 당대 최고의 길잡이였으니까.

"그, 그런 게 가능합니까?"

"예. 뭐, 일종의 꼼수 같은 거죠. 쓸 수 있는 방법은 전부 씁니다."

물론 아예 페널티가 없는 건 아니다.

"페널티가 아예 없는 건 아니지만……."

속였다.

"그것이 피해를 최소화하며, 또 가장 효율적인 방법입니다. 페널티는 제가 지겠습니다."

한 번의 페널티를 받겠지만, 재입장 시 두 개의 관문에 다시 참여할 수 있으니 두 번의 보상을 얻을 거다. 결국은 이득인 셈.

"지금 이 시점에서 저의 역할을 대신할 수 있는 사람은 없습니다. 저는 저만이 할 수 있는 일을 결코 외면하지 않습니다."

우연의 일치일까.

하필이면 그때 알림이 들려왔다.

[성웅의 조건을 만족하였습니다.]
[성웅의 증표에 긍정적인 영향을 끼칩니다.]

김상목이 물었다.

"진심이십니까?"

페널티를 감수하면서까지, 빛의 성웅이 어째서 그렇게 하는 것이란 말인가. 어쩌면 도망치고 돌아오지 않을 수도 있지 않은가.

빛의 성웅이라는 걸출한 길잡이 없이 이 던전을 클리어할수는 없다.

그리고 이곳에는 최상위급 플레이어가 총집결해 있다.

'우리를 이곳에 버린다면……'

그러면 정말로 빛의 성웅의 세상이 되고 말 거다.

견제할 수 있는 이도 없다. 완전히 황제가 되는 거다.

물론 빛의 성웅이 그럴 거라고 생각하지는 않지만, 그래도 세상일 모르는 것 아닌가.

김상목의 입장에서는 당연히 할 수 있는 생각이었다.

신희현도 그걸 알고 있다.

그래서 대답해 줬다.

"이곳에는 제 가족이 있고 제 여자가 있습니다. 그들을 버리고 혼자 탈출할 필욘 없지 않습니까?"

"……."

"애초에 그럴 거면 여기 들어오지도 않았습니다. 제 목표는 클리어지 탈출이 아닙니다. 다시 한번 말합니다. 페널티는 제가 집니다. 저는 길잡이로서 여러분을 모두 살려서 귀환시킬 책임과 의무가 있는 사람입니다."

물론 좋은 보상은 내 거지만요.

그 말은 안 했다.

"알겠습니다."

신희현은 애초에 모든 관문에 참여할 생각을 갖고 있다.

이곳엔 자신이 모르는 비밀들도 숨겨져 있다. 그 비밀을 알아내야 했고 아탄티아를 완전히 클리어해야 하기도 했다.

캡틴이 말했다.

"자자, 이제 휴식 시간은 끝. 다음 항해를 시작할 사람?"

이제 지저의 천공이 열릴 거다.

신희현이 주먹을 불끈 쥐었다.

'지저의 천공이다.'

과거, 강민영을 잃었던 곳.

저만치 아래, 시커먼 바다가 그 입을 벌리고 플레이어들을 집어삼킬 듯 넘실거렸다.

"모두들 즐거운 항해를 할 준비가 되어 있겠지?"

캡틴의 목소리와 함께.

[지저의 천공이 활성화됩니다.]

플레이어들이 바다로 뛰어내렸다.

거대한 공동.

지하 공동에 들어온 것 같다.

'정말 오랜만이군.'

지저의 천공으로 이어지는 두 갈래 갈림길이 보였다.

과거에 여기서 신희현과 홍경식이 하나씩 나눠서 갔었다. 그리고 리더인 홍경식의 결정에 따라 강민영이 홍경식을 따라나섰었고.

이번에는 홍경식과 신희현이 아니라 탁민호와 신희현이다.

'왼쪽 갈림길은 내가 갔던 곳.'

그리고 오른쪽 갈림길은 홍경식이 갔던 곳.

'지금의 탁민호라면…… 클리어가 가능할 거야.'

왼쪽 길은 거의 정확하게 기억하고 있다.

그때의 정보를 제공하며 탁민호가 왼쪽 길을 가게 할지, 아니면 자신이 그때와 마찬가지로 왼쪽 길을 가야 할지 결정을 해야만 했다.

고민은 오래가지 않았다.

"제가 오른쪽으로 갑니다."

왼쪽 갈림길에 대한 정보를 탁민호에게 주면 탁민호는 보다 쉽게 안내를 할 수 있을 거다.

'애초에 답은 정해져 있었다.'

탁민호에게 더 쉬운 길을 가게 하는 것이 맞았다.

소규모 던전도 아니고 메인 던전인 아탄티아라면 말이다.

[지저의 천공이 활성화되었습니다.]

[72시간의 클리어 시간이 주어집니다.]

신희현은 벽면에서 글자를 발견했다. 당연히 읽을 수 없는 글자였다.

하지만 신희현은 그 글자를 읽는 척했다.

신희현이 말했다.

"이 갈림길은 끝에서 만나는 구조입니다."

역시 빛의 성웅.

플레이어들은 그렇게 생각했다.

역시 저쯤 되는 인물은 벽에 쓰여 있는 이상한 글자도 해석할 수 있는 것 아니겠는가.

물론 아니다. 그들은 완벽하게 속았다.

신희현도 저 글자는 못 읽는다. 사실 저건 글자라기보다는 문양에 가까웠고, 던전 내의 장식에 가까웠으니까.

탁민호가 고개를 갸웃했다.

"그렇다면 둘이서 함께 한 갈림길로 가면 되는 것 아니겠습니까?"

"불가합니다."

"어째서죠?"

탁민호의 생각을 읽기라도 했듯 알림이 활성화되었다.

[한 개의 갈림길에 최소 70명 이상의 플레이어가 입장하여야 합니다.]

[최소 인원이 충족되지 않을 시, 클리어는 불가능합니다.]

[한 개의 갈림길에 최소 1명의 길잡이가 포함되어 있어야 합니다.]

어찌 보면 저번 생에서는 운이 좋았다고 할 수 있었다.

당시, 최고의 길잡이였던 홍경식과 나름대로 실력이 괜찮았던 신희현이 길잡이로 있었으니까.

그리고 그때 200명이 넘는 인원이 함께했었다.

'한 갈림길에 최소 70명.'

만에 하나 운이 너무나 나빠서 이곳에 입장한 인원이 139명이었다면?

'그렇게 되면 무슨 수를 써도 이곳을 클리어할 수 없었을 거다.'

신희현과 탁민호가 인원을 나눴다.

신희현을 제외하면 탁민호는 현존하는 최고의 길잡이였으나 플레이어들은 신희현과 함께하고 싶어 했다.

아주 사소한 문제도 있기는 했다.

'너무 격차가 심하잖아.'

'나도 빛의 성웅님을 따라가고 싶다고.'

'오른쪽. 무조건 오른쪽이다!'

'나야말로 오른쪽으로 간다!'

탁민호가 신희현을 제외한 당대 최고의 길잡이가 맞기는 맞다. 다시 말해 2위다.

하나, 1위와 2위 사이에 넘을 수 없는 차원의 벽이 있었다.

신희현이 말했다.

"강현수 씨는 저쪽으로 가시면 될 것 같습니다."

아름다운 세계의 리더, 행운의 대명사라 불리고 있는 강현수다.

대충 걸어가다 대충 넘어져도 엄청난 아이템을 주울 수 있다고까지 알려진 강현수.

그가 있으면 탁민호에게도 큰 도움이 될 거다.

신희현의 눈이 가늘어졌다.

강현수가 과연 어떤 반응을 보일까.

"에이, 어쩔 수 없죠. 아쉽지만 뭐, 보다 아름다운 클리어를 위해서라면."

신희현은 안심했다.

강현수가 별다른 거부 반응을 보이지 않았다. 그냥 아쉽다는 정도다.

강현수의 감을 무조건적으로 신뢰할 수는 없지만 지금 강현수의 태도는 신희현에게 좀 더 큰 확신을 심어줬다.

'과거의 나도 클리어했던 곳이다.'

지금의 탁민호라면 반드시 클리어할 수 있을 거다.

탁민호는 신희현에게 조언을 구했다. 그 역시 신희현이 벽면의 글자를 읽었다고 생각하는 중이다.

"제게 조언을 좀 해주시면 좋겠습니다."

다른 플레이어들도 귀를 쫑긋 세웠다. 빛의 성웅이 하는 말은 단 한마디라도 허투루 들을 수 없었으니까. 특히 던전 클리어를 진행하는 와중에는.

'한마디라도 제대로 들으면 목숨 하나가 더 생길 수도 있다.'

실제로 그들은 그렇게 생각했다.

신희현이 대답했다.

"항상 오른쪽을 조심하세요. 박쥐 형태의 몬스터가 나올 겁니다."

그리고 가장 중요한 조언을 줬다.

"박쥐 형태의 몬스터. 무조건 폭사시켜요."

"……폭사요?"

"폭사가 아니어도 좋습니다. 어쨌든 시체를 남기지 마세요. 불태워도 좋습니다."

일정 크기 이상의 시체는 부패하면서 독가스를 만들어낸다. 굉장히 위독한 가스다. 강력한 디버프 효과를 가지고 있으며 호흡 곤란 증세를 일으킨다.

무엇보다도 그 가스는 일정 농도 이상이 되면 폭발하는 성질까지 갖고 있었다.

"그것만 조심하면…… 탁민호 씨의 실력으로 분명 클리어가 가능할 겁니다."

어쨌든 팀은 나누어졌고 신희현이 오른쪽 동굴 앞에 섰다.

[오른쪽 갈림길에 입장하시겠습니까?]

신희현이 걸음을 옮겼다.

헤라클레스의 김경수, 과거 미치광이 학살자라 불렸던 변도현이 함께했다.

신희현은 머릿속으로 계획을 점검하며 시간을 체크했다.

'왼쪽 길에서 내가 70시간을 허비했다.'

그리고 그 당시 홍경식은.

'아마도 약 48시간 만에 이곳을 클리어하고 나섰을 거다.'

그랬을 거다. 물론 확실하지 않다. 지저의 천공에 관한 건에 있어서만큼은 홍경식은 입을 굳게 다물었다. 그 누구도 홍경식에게 따져 묻지 않았었고.

신희현은 당시 강민영의 상태를 보고 어느 정도 전투가 지속되었는지를 파악했었다.

'약 12시간 정도의 전투가 있었을 거다.'

그렇다면 지금의 탁민호라면?

'박쥐에 관한 정보도 넘겼고 오른쪽을 조심하라는 얘기도 했다.'

그러한 요건들을 전부 종합해 봤을 때.

'40시간 정도면 충분히 클리어하고 진짜 지저의 천공에 도착하겠지.'

계산을 전부 끝냈다.

헤라클레스의 리더 김경수가 물었다.

"저희는 어떻게 하면 됩니까? 벽면에 뭐라고 쓰여 있던가요?"

당연히 모른다. 신희현은 이 갈림길을 경험해 본 적이 없다. 그렇다고 '모르는데요. 그냥 따라와요'라고 할 수는 없다.

"말하기가 조심스럽습니다. 대열을 갖춘 뒤, 저와 함께 이동합니다."

신희현이 뭔가를 느꼈다.

'발밑!'

바로 외쳤다.

"김경수!"

전투 상황이다.

반말이 어색하지 않은 상황.

김경수가 방패를 이상하게 들었다.

방패가 땅을 향했다.

"리플렉트!"

방패에서 황금색 빛이 뿜어져 나옴과 동시에.

쨍!

요란한 소리가 터져 나왔다. 병장기끼리 부딪치는 커다란 소리였다.

신희현이 외쳤다.

"거기! 발밑! 뛰엇!"

갑작스런 공격에 당황하기는 했지만 그들 역시 최상위급 플레이어.

신희현이 지목한 게 자신이라고 느낀 플레이어 몇이 공중으로 뛰어올랐다.

변도현이 마법을 사용했다.

"프리징 필드!"

주변을 얼려 버리는 디버프 마법.

살상력은 거의 없다시피 하지만 적의 움직임을 상당히 느리게 만들어준다.

신희현이 말했다.

"각자의 기감을 최대한 활용하여 발밑을 조심해. 밑에서부터 치고 올라오는 형태의 몬스터다."

정보를 빠르게 전달했다.

"두더지 형태이며 머리에 단단한 뿔이 있다. 빠르게 치고 올라와 공격한 뒤 다시 땅굴을 파고 도망치는 형태의 공격을 구사한다."

놈의 움직임은 굉장히 재빨랐다.

일부 플레이어는 놈의 움직임을 제대로 읽지도 못했다.

그러한 가운데 신희현은 몬스터의 생김새와 특징을 단 한 번에 파악해 낸 거다.

거기에 더해.

"놈이 치고 올라오기 전, 자기 기준 왼쪽 발밑에 미세한 진동이 느껴진다. 전조 증상이다."

그때 마침 신희현의 발밑에서 진동이 느껴졌다.

"김경수, 밑에서 위로 쳐 올려."

김경수는 이를 악물었다.

아니, 무슨 이런 명령을 아무렇지도 않게 너무나 쉽게 될 것처럼 얘기한단 말인가.

그래도 해내기로 했다.

'나는 헤라클레스의 팀장이다!'

팀장인데 본을 보여야 하지 않겠는가.

방패로 놈의 공격을 막아내는 대신 놈을 쳐 올렸다.

두더지 형태의 몬스터가 허공에 떴다. 크기는 약 30㎝ 정도. 굉장히 작은 축에 속하는 몬스터였다.

"얼음 창!"

변도현이 구현한 얼음 창이 놈을 꿰뚫었다.

신희현은 놈의 이름을 편의상 '두더지'라고 명명했다.

과거에도 경험한 적이 없던 몬스터였다.

'홍경식은 어떠한 방법으로 놈들을 뚫고 지저의 천공까지 들어간 거지?'

당시 플레이어들의 능력으로는 놈의 공격을 제대로 받아내지 못했을 확률이 높다.

아마도 홍경식은 홍경식만의 방법으로 이곳을 클리어했을 거다.

'나는 놈과는 달라.'

홍경식과는 다른 스타일의 길잡이다. 그와는 완전히 다른 방식으로 이곳을 뚫고 나가기로 했다.

"한곳에 밀집."

플레이어들을 밀집시켰다. 그렇게 되면 플레이어들이 서로의 간섭 때문에 제대로 움직이지 못하는데도 말이다.

김경수는 고개를 갸웃했다.

'어쩔 생각이지?'

순간, 빛의 성웅의 명령을 이해하지 못했다.

"탱커들은 어그로를 끈다. 발을 굴려."

쿵! 쿵! 쿵! 쿵!

탱커들이 발을 굴렸다. 천장에서 돌 부스러기가 떨어져 내렸다.

"놈들은 진동과 소리에 매우 민감하다."

자극을 하면 분명히 뛰쳐나올 테지. 그것도 굉장히 흥분한 상태로.

'내 생각이 맞았다.'

모르긴 몰라도 홍경식과는 완전히 다른 스타일의 클리어가 될 거다.

김경수는 생각했다. 이대로 있다가는 분명 사상자가 제법 발생할 거다. 발밑에서 상당히 많은 숫자의 놈들이 뛰쳐나오고 있는 것이 느껴졌으니까.

"놈들이 공격을 시작합니다!"

김경수는 다급해졌다.

'도대체 뭘 어쩌려는 거야!'

플레이어들이 한곳에 집결하자 탱커들이 두더지들을 자극했다.

다른 플레이어들은 긴장하고 있는 상황.

김상목마저 어찌할 바를 몰라 반쯤 당황하고 있는 상태였다.

신희현이 외쳤다.

"윈더."

그때 확실히 느꼈다.

'확실히⋯⋯.'

편해졌다. 그냥 편해진 것이 아니라 아주 많이 편해졌다.

'좋다⋯⋯!'

소환사의 비술을 사용한 것도 아니다. 그런데 윈더를 운용하는 것이 훨씬 쉬워졌다.

일반적인 상황이라면 윈더를 조금 운용한다고 해서 체력적으로 부담을 느끼지는 않는다.

그러나 지금 같은 상황이면 다르다.

거의 100명에 육박하는 플레이어가 일시에 허공으로 떴다.

"교감 커넥션."

그와 동시에.

"루시아, 라비트."

두 명의 소환 영령을 소환하고.

"피닉스."

피닉스까지 불러냈다.

올 스킬 리듀스 덕택에 여러 소환 영령을 부리는 것이 훨씬 쉬워졌다.

교감 커넥션을 통해 모든 소환 영령이 이어졌다.

"어, 어!"

"어라?"

윈더가 플레이어들을 지면에서 약 50㎝가량 띄웠다.

"모, 몸이!"

그와 동시에 그들 발밑으로 한바탕 바람이 휩쓸고 지나갔다.

교감 커넥션으로 이어진 소환 영령들은 신희현의 계획대로 신속하고 빠르게, 거기에 정확하게 움직였다.

"피닉스, 빛을 뿌려."

두더지 놈들은 청각과 촉감에 굉장히 민감하다. 다시 말해, 시각은 거의 사용하지 않는다는 소리다. 그런데 눈이 퇴화되지는 않았다.

비록 짧은 시간이었지만 신희현은 분명히 파악할 수 있었다.

'밖으로 나올 때 홍채가 작아진다.'

그렇다는 말은 놈들은 빛을 분명히 인식한다는 소리다.

'주인, 이렇게 힘을 조금 써도 되겠어?'

피닉스의 목소리가 들려왔다.

현재 피닉스는 봉인된 상태.

모든 힘을 끌어내지 않고 열쇠 상태로 소환되었다.

'네 역할은 그저 빛만 뿌려주면 되는 거다.'

놈들을 교란할 빛.

지금은 윈더와 라비트, 루시아까지 부리고 있는 상태.

여기에 마력을 많이 잡아먹는 피닉스를 제대로 운용하면 체력적으로 당연히 지친다.

아무리 올 스킬 리듀스가 있다고 해도 본체 상태의 피닉스를 소환하는 것만으로도 쉽지 않은 일이니까.

'오케이.'

피닉스가 스킬을 사용했다.

[스킬, 플래시를 사용합니다.]

빛의 범위는 대단히 한정적.

그 범위는 허공에 뜬 플레이어들 아래 약 50㎝의 공간에 사람이 느끼기에 그렇게 괴롭지 않은 빛이 번쩍 뿌려졌다.

그사이.

[스킬, 인피니티 샷을 사용합니다.]

루시아가 엎드린 상태로 쉴 새 없이 발포했고.

[스킬, 일격필살을 사용합니다.]

알림음과 함께.

"일격필살!"

라비트가 작은 몸을 이끌고 플레이어들의 발밑을 누볐다.

"천둥여자! 나는 7마리를 잡았소!"

루시아는 대답하지 않았다. 굳이 육성으로 할 필요가 없기 때문이다. 신희현을 매개체로 연결이 되어 있는 상태니까.

'저는 9마리 잡았습니다.'

라비트가 수염을 바짝 세우고 더욱 열심히 뛰어다녔다.

플레이어들도 정신을 차렸다. 그들은 발밑을 쳐다봤다.

'이럴 수가……'

그들 발밑에는 두더지들의 사체가 즐비했다.

'우리를 위에 띄우고 그와 동시에 공격을 시작했다.'

교감 커넥션과 교감 스킬을 잘 모르는 플레이어들이 보기에는 신세계였다.

'어떻게 저럴 수가 있지?'

여러 소환 영령이 마치 한 몸이라도 된 것처럼 유기적으로 움직이고 있지 않은가.

신희현이 들으면 오그라들어서 몸서리를 칠지도 모르지만 지금 이 순간 플레이어들은 순수하게 감탄했다.

역시 빛의 성웅이라고.

그들도 상황을 완전히 파악했다.

신희현은 플레이어들을 공중으로 띄움과 동시에 피닉스의 플래시를 사용하여 두더지들의 눈을 멀게 만들었다.

그 뒤, 순간적으로 중심을 잃은 놈들을 라비트와 루시아가 기습했다.

순식간에 약 20여 마리의 두더지가 죽어버렸다.

그 사이 신희현은 이상함을 발견했다.

'놈들이…… 도망치지 않는다.'

아니, 도망을 치기는 쳤다.

'땅 속으로 가지 않아.'

더 정확히 말하자면 이건 땅 속으로 도망치지 '않는 것'이 아니었다.

땅 속으로 도망을 치지 '못하고 있는 것'이었다.

그걸 놓칠 신희현이 아니다.

'윈더, 플레이어들을 땅에 내려놓고 공격 태세로 전환한다. 큰 기술은 필요 없어. 최소한의 움직임으로 놈들을 잡아.'

그리고 다시 한번.

[스킬, 플래시를 사용합니다.]

열쇠 형태의 피닉스가 빛을 뿜었다. 거기서 신희현은 확실히 알 수 있었다.

'놈들은…… 단순히 빛을 싫어하는 정도가 아니라.'

그게 아니라 완전히 상극이었다.

리치와 마찬가지로 놈돌은 빛 속성에 굉장히 취약한 것이 틀림없었다.

약간의 빛을 뿌렸음에도 불구하고―심지어 살상력도 없다― 놈들은 극한의 공포를 느끼며 방향 감각을 완전히 상실한 채 한쪽을 향해 마구 도망쳤다.

신희현이 말했다. 마치 이 모든 것을 처음부터 예상하고 있었다는 듯.

"놈들은 빛 속성 공격에 굉장히 취약하다. 현재 방향 감각을 상실하고 도망치고 있는 상태."

명령을 내렸다.

"맨 앞쪽 두더지는 내버려 둔다."

아무래도 저놈이 이 무리의 리더 같다.

리더가 공포심을 느끼고 벽면 한쪽으로 도망을 치자 다른 놈들도 그 리더의 뒤꽁무니만 따라 도망치고 있었다.

'저놈이 등신같이 행동하면 할수록.'

이쪽은 사냥이 훨씬 쉬워지겠지.

"딜러진, 공격."

정신을 차린 딜러들이 두더지들을 공격하기 시작했다.

끝에서부터 천천히 앞으로. 차근차근.

전의를 완전히 상실한 두더지들은 플레이어들에게 황당하리만치 맥없이 죽어 나갔다.

"루시아! 나는 14마리를 해치웠소! 무려 22콤보를 달성하였소!"

그리고 남은 마지막 한 마리.

루시아가 씨익 웃었다.

'15마리, 23콤보 입니다.'

라비트의 수염이 바짝 섰다.

"부, 분하오!"

일단 상황이 종료됐다.

한쪽 구석에는 두더지의 시체가 수북이 쌓여 있었다. 어림 잡아도 100마리는 넘어 보였다.

신희현이 설명했다.

"놈들은 빛 속성 공격에 매우 취약하여 이러한 이상 행동을 보이는 것입니다."

헤라클레스의 리더 김경수가 말했다.

"……감사합니다."

두더지가 어떻게 행동했든 뭐가 어찌 됐든, 하여튼 빛의 성웅 덕분에 확실히 쉽게 잡을 수 있었다.

빛의 성웅은 이런 모든 상황을 예측하고 그에 따라 움직인 것이 틀림없었다.

그사이 엘렌은 확신했다.

'이건 운이 틀림없습니다.'

빛의 성웅, 아니, 빛의 사기꾼 혹은 빛의 허세꾼은 지금 확실히 허세를 부리고 있었다.

마치 나는 이 모든 것을 처음부터 다 알고 있었다. 그래서 완벽한 계획을 수립하였고 효과적으로 그 계획을 잘 사용했다.

이런 것처럼 말이다.

"별거 아닙니다."

김경수는 안다. 별거 아니지 않다. 순간적으로 플레이어들을 띄우고 그와 동시에 여러 소환 영령을 부려가면서 공격했다. 그 시간이 불과 1초도 걸리지 않았다. 완벽한 컨트롤 능력이 없으면 절대로 불가능한 일이다.

그도 아니면 최소 10년이 넘는 경험이 있든가.

그렇게 많은 경험이 있을 리는 없으니 당연히 센스가 천재적이라는 소리였다.

어차피 영체화 상태라 보이지 않는 엘렌이 고개를 절레절레 저었다.

'지금 속고 계십니다. 빛의 성웅께서도 지금 속으로는 조금 놀랐습니다. 이럴 일이 있을 거라고 예측하지 못하셨습니다. 확실합니다.'

엘렌의 6장의 백색 날개가 활짝 펼쳐졌다.

마치 봄바람에 살랑거리듯, 그녀의 날개가 양옆으로 살살 춤을 췄다.

엘렌의 생각이 맞았다.

신희현은 지금 허세를 부리고 있는 중이다.

'상황이 좋네.'

주위를 둘러봤다. 지금 플레이어들의 표정에는 자신감이 가득 들어차 있다.

자신을 완전히 신뢰하는 게 보였다. 이렇게 되면 리드하기가 훨씬 쉬워진다.

물론 그 스스로도 이렇게 좋은 상황이 연출될 거라고는 생각하지 못했지만 하여튼 결과가 좋으니 다 좋은 거 아니겠는가.

리더란 때로는 이렇게 사기를 쳐야 할 때도 있는 법이다.

엘렌이 이상하게 기분이 좋아 보이기는 했지만 그건 일단 넘어가기로 했다.

'이걸로 끝일 리가 없다.'

겨우 이걸로 끝이었다면 홍경식이 여기서만 수십 명의 사상자를 냈을 리 없다.

그는 확신했다.

"이게 끝이 아닙니다. 잠시 휴식을 취한 뒤 움직이겠습니다."

플레이어 하나가 열정에 가득 찬 목소리로 의욕을 불태웠다.

"휴식 필요 없습니다! 지금 당장 움직이죠!"

신희현은 말하고 싶었다.

아니, 이 양반아. 나도 쉬고 싶다고. 소환 영령 여럿 부리는 게 그렇게 쉬운 줄 아나.

아무리 여러 효과로 보정을 받고 있다고는 해도 힘든 건 힘든 거다.

게다가 옆길의 탁민호와 시간도 맞춰야 하고.

'잘 둘러대야겠군.'

약한 모습을 보일 수는 없다. 지금처럼 굳건한 리더십을 유지하려면 당연히 허세를 부려야 한다.

나는 엄청 강하지만 그래도 다른 요인들에 의해 쉬어야 한다.

이런 식으로 얘기하면 될 거라고 생각했는데.

"오오, 엘렌이다!"

엘렌이 갑자기 영체화 상태를 풀고 모습을 드러냈다.

플레이어들이 느끼기엔 성스럽다 느껴질 만큼 순백의 날개 6장을 활짝 펴고 공중에 몸을 띄웠다. 마치 하늘에서 막 강림한 대천사 같은 느낌이었다.

엘렌 특유의 성스럽고 고결한 분위기가 단숨에 플레이어들의 이목을 사로잡았다.

엘렌이 성스럽고 고결한 목소리로 사기를 쳤다.

"여러분의 열정과 의도는 잘 알겠습니다. 하지만 지금은 휴식이 필요할 때입니다."

그 어떤 논리적인 이유도 없었다. 왜 휴식이 필요한지에 대한 설명이 없었는데도 이상하게 플레이어들이 납득했다.

신희현은 조금 황당해졌다.

'응……?'

논리적이고 합리적인 이유.

물론 가짜긴 하지만-탁민호랑 시간 맞추기 위해서 좀 쉽시다. 나도 힘드니 좀 쉽시다. 이렇게 말할 수는 없으니- 합리적인 것처럼 보이는 이유를 대려고 했는데 자신의 파트너가 성스러운 척 날개를 펴고 말을 하니 플레이어들이 납득했다.

'아무리 내 파트너라지만.'

그렇다고 해도 어떻게 저렇게 쉽게 믿는 건지.

황당하기는 했지만 신희현도 고개를 끄덕였다.

"아까도 말씀드렸듯, 이게 끝이 아닙니다. 잠시 휴식을 취하며 이곳에 대한 정보를 더 취합해야 할 것 같습니다."

공중에 뜬 엘렌의 날개가 아주 미세하게 살랑거리고 있었다.

제대로 보면 보이지 않을 정도였지만 신희현의 눈썰미에는 확실히 잡혔다.

엘렌이 처음이랑 비교해서 뭔가 많이 변한 것 같은 이상한 느낌이 들었다.

분명 무표정인데.

'왜 웃고 있는 것 같지?'

그런 기분이 들었다.

약 15분이 흘렀다. 신희현이 몸을 움직였다.

"이동하겠습니다."

구불구불한 길을 따라 이동했다. 미로형은 아니었다. 길은 분명 하나밖에 없었으니까.

'아무것도 나오지 않는다.'

이런 경우는 분명 어딘가에 트랩이 숨겨져 있든지.

'그도 아니면 몬스터가 튀어나오겠지.'

아까 그 두더지 놈들, 그것과 비슷한 기척이 아주 미세하게나마 느껴진다.

아까와 차이가 있다면 아까는 땅 밑에서만 느껴졌는데 이번에는 사방에서 느껴진다는 거다.

'벽면, 발밑, 그리고……'

거기에 더해.

'천장까지.'

사방팔방에서 놈들의 기척이 느껴진다.

모르면 몰라도 알고 있으면 두려울 게 없었다.

피닉스의 힘을 거의 봉인한 상태로 사용하는 건 그렇게 부담이 안 되니까.

"벽면, 발밑, 천장 모두 조심할 수 있도록 합니다. 놈들이 진을 치고 있으니."

말을 해줬는데도 당하면 그건 그 플레이어의 능력이 없는 거다. 그것까지 챙겨줄 수는 없는 노릇.

다행히 그런 플레이어는 없었다. 몇 번의 습격이 있었지만 사상자는 단 한 명도 발생하지 않았다.

그러나 정작 문제는 따로 있었다.

김경수가 인상을 잔뜩 찡그렸다.

"처음 보는 형태의 몬스터입니다."

숫자는 약 다섯.

"아무래도…… 느낌이 좋지 않습니다."

김경수는 처음 본다.

몸에서 이상한 아지랑이 같은 것이 피어오르고 있었다. 그것도 검은색 아지랑이가.

플레이어들도 긴장했다.

어둠 속을 뚫고 뿜어지는 붉은색 안광이 제법 섬뜩하기까지 했다.

신희현이 앞을 쳐다봤다.

'데스나이트.'

공포의 대명사 데스나이트 5기가 완전무장한 채 말을 타고서 붉은색 안광을 뿌리고 있었다.

마치 플레이어들을 기다리고 있던 것처럼 말이다.

스산한 음성이 들려왔다.

"……영면을 방해한……."

"……그 무한한…… 죄를……."

"……죽음으로……."

"갚을…… 지어다…….."

"……피의 율법을…… 위하여…….."

목소리가 웅웅거리며 길 전체를 울렸다.

몇몇 플레이어는 목덜미에 소름까지 돋았다.

'보통 놈이 아니다.'

'힘든 싸움이 될 수도 있겠어.'

모두들 긴장하며 신희현의 명령을 기다렸다.

'응……?'

'빛의 성웅?'

플레이어들은 절대 이해할 수 없었지만 어쨌든 신희현은
씨익 웃고 있었다.

7장
강민영의 원수

검은빛 기류가 일렁거리고 있는 저 모습.

신희현은 저것에 이미 익숙하다.

평화의 섬에서도 봤지만 그전에도 많이 봤었다.

저것은 일종의 버프 효과를 일으키는 특정 몬스터 특유의
능력이다.

모든 몬스터가 그런 건 아니지만 상당히 많은 경우, 저 기
류에는 특성이 있다.

'데스나이트네.'

데스나이트는 리치와 같은 계열의 몬스터다.

리치는 스스로를 시체화하여 반인반시가 되어버린 상태
고, 데스나이트는 망자의 몸에 영혼이 깃든 거다.

시스템상으로는 형체를 가지게 된 사념체라고 표현했다.

언제나 그렇듯 초감각을 통해 몬스터에 대한 정보가 흘러들어 왔다.

[위대한 제국의 몰락을 지켜볼 수밖에 없었던 용장들의 사념이 집약되어 이루어진 사념체이며……]

그런 건 별로 중요하지 않았다.

[강력한 힘을 발휘하는……]

신희현이 말했다.

"피닉스."

피닉스를 운용하는 것이 훨씬 쉬워진 신희현이다.

피닉스는 신기해했다.

'어라라? 데스나이트네? 저거 보기 되게 힘든 건데.'

'처리할 수 있겠지?'

'물론이지! 지금 죽일까?'

'아니, 잠시만 기다려.'

라이나에게는 비록 애완조(?)에 가까웠지만 하여튼 피닉스는 최상위급 소환수임에는 틀림없었다.

'데스나이트의 레벨은 430.'

레벨 자체는 그렇게 높은 편이 아니다. 당장 이곳에 모여 있는 플레이어들만 해도 400 중반대는 넘었으니까.

"놈의 레벨은 430 정도 됩니다."

플레이어들은 안심했다.

"뭐야, 별거 아니네?"

"그러게."

엄청 포스 있게 생겼는데 생각보다 약한 놈 아니었는가.

피의 율법 어쩌고 저쩌고를 중얼거리며 검은 기류를 뿜어 내고 있기에 엄청 센 놈인 줄 알았다.

그런데 신희현이 말을 이었다.

"레벨은 그런데…… 저 기류는 특수한 능력을 발휘합니다. 원래 레벨의 능력치보다 훨씬 더 강한 힘을 낼 수 있도록 합니다."

과거에도 그랬다.

과거와 지금.

데스나이트의 레벨이 완전히 같은지는 확인할 길이 없지만 하여튼 저렇게 기류를 피워 올리고 있는 데스나이트의 능력은 400대 중반에 가까웠다.

'하지만…….'

이번에는 다를 거다.

'난이도가 높아졌다.'

그건 확실했다. 플레이어들의 레벨이 높아졌다고 해서 결코 안심할 수 없다.

'부딪쳐 보면 정확히 알겠지.'

피닉스를 대기시켰다. 일단 소환을 해놨으면 유지하는 것
자체는 그렇게까지 체력 소모가 심한 건 아니었으니까.

'라비트.'

라비트를 소환해 데스나이트와 한번 부딪쳐 보게 했다.

"저 기분 나쁜 것들은 무엇이오!"

이유는 모르겠지만 라비트는 데스나이트에 맹렬한 적개심
을 표했다.

"……죽……인……다."

"피의…… 율법……을…… 위하여……."

라비트와 5기의 데스나이트의 싸움이 시작됐다.

라비트의 털이 바짝 섰다.

"으윽! 주, 주인!"

자존심 때문에 도와달라는 말은 하지 못했다.

"이, 이러다 나 죽겠소!"

호기롭게 달려갔던 라비트는 지금 궁지에 몰려 있다.

후웅!

데스나이트의 검이 공기를 가르며 라비트를 향해 쇄도했다.

라비트는 황급히 허리를 숙여 그 검을 피해냈다.

그리고 이어진 또 다른 데스나이트의 공격에 볼썽사납게 땅을 굴렀다.

"하, 하마터면 나의 귀중한 수염이! 네 이놈들! 용서할 수가 없도…… 크악! 살살 좀 해주시오!"

라비트의 '일격필살'은 데스나이트의 방어력을 단숨에 꿰뚫지 못했다.

게다가 지금은 수적인 열세에 놓여 있는 상황.

신희현은 라비트의 능력치를 잘 알고 있다.

'단순 레벨 자체는 의미가 없어.'

레벨 디텍터로 확인한 결과 놈들의 레벨은 가장 낮은 놈이 430, 가장 높은 놈이 435였다.

그런데 라비트의 능력과 비교하여 얻은 데이터로는 400대 후반 정도의 능력치를 가지고 있는 것이 틀림없었다.

'평화의 섬도 그렇고 여기도 그렇고.'

과거 플레이어들의 레벨이 400대 초반이라는 것을 감안하면 그 당시에는 절대로 이놈들을 잡을 수 없었다.

'홍경식이 이 길을 클리어했었다.'

거기에는 강민영도 포함되어 있었다.

룰 브레이킹을 활용한다고 해도 강민영이 공격할 수 있었던 레벨은 420 언저리.

430이 넘는 데스나이트를 상대로 했다면 분명히 거기서

패했을 거다.

'두 가지 가정이 나온다.'

하나, 여전히 파악하지 못한 뭔가가 있다.

둘, 던전의 난이도가 과거에 비해 높아졌다. 그에 따라 몬스터들의 레벨도 높아졌다.

이 둘 중에 하나일 것이다.

후웅!

파공성이 다시금 공기를 갈랐다.

"주, 주인! 천둥여자는 어찌 된 것이오! 감기라도 걸린 것이오?"

라비트는 검을 내질렀다.

챙!

소리와 함께 검과 검이 부딪혔다. 한 개의 검을 튕겨내긴 했다.

신희현이 저도 모르게 웃고 말았다.

"픕."

라비트가 기기묘묘한 자세로 온몸을 뒤틀었다.

그는 한 개의 검을 튕겨낸 대신 네 개의 검 사이에 꼬치가될 뻔했다.

"주인, 나는 지금 위급한 상황이오. 천둥여자를 불러주시오. 아니면 초강력 바람이나 마틴 동생도 괜찮소!"

"아직은 많이 여유로운가 보군."

"그, 그렇지 않소! 나의 아름다운 수염이 위협을 당했단 말이오!"

라비트가 열세에 몰린 건 다른 이유가 아니라 '털' 때문이었다.

데스나이트의 몸에서 뿜어져 나오고 있는 검은색 기류는 라비트의 털을 상하게 만들었다.

그래서 라비트는 데스나이트에게서 최대한 떨어지고 싶어 했다.

간격 조절이 제대로 안 되고 있는 거다.

다시 말하자면, 라비트는 지금 자신의 아름다운 털을 위해 제대로 싸우지 못하고 있는 것이기도 하고.

'됐다.'

이곳에 대한 파악은 끝냈다. 계획을 조금 수정해야 할 것 같다.

'내가 몰랐던 히든 피스의 존재.'

그리고.

'난이도의 상승.'

이 두 가지를 키워드로 하여 클리어를 진행해 나가면 될 거다.

'피닉스, 놈들을······.'

'조질까?'

신희현이 말했다.

"모두 눈 감아."

피닉스가 날아올랐다.

열쇠 형태의 모습이 아니다.

빛이 번쩍거렸다. 피닉스가 놈들을 향해 굉장히 빠른 속도로 날았다. 그것은 마치 빛으로 이루어진 총알 같았다.

빛의 직선이 허공에 새겨졌다.

그와 동시에 데스나이트의 가슴에 커다란 구멍이 뚫렸다.

그곳을 통해 검은색 기류가 마구 뿜어져 나왔다.

[스킬, 플래시를 사용합니다.]

다시 한번 빛이.

번쩍!

터져 나왔다.

검은색 기류가 옅어졌다.

'능력치 400대 후반, 속성은 어둠.'

리치와 마찬가지다.

피닉스는 빛 속성이다. 어둠 속성에 극성을 가진다. 상성이 좋은 정도가 아니라 압도적인 상성을 갖고 있다. 피닉스가 놈들을 이기는 건 어찌 보면 당연한 일이었다.

피닉스가 날개를 펼치고 이리저리 날아다니며 빛을 뿜어내는 사이, 신희현은 플레이어들에게 말했다.

"앞으로는 저런 형태의 몬스터를 많이 보게 될 것입니다. 저런 형태의 몬스터는 원래의 레벨보다 훨씬 강력한 힘을 발휘합니다. 그러므로 방심하지 않는 것이 좋을 것입니다."

신희현이 지금 하고 있는 건 누가 봐도 방심처럼 보였다는 게 문제긴 했지만(지금 전투 상황이 아니라고 인식했는지 존댓말로 얘기하고 있다.), 하여튼 플레이어들은 신희현의 말을 경청했다.

"특정 속성의 기류를 가진 놈들에게는 특정 속성의 공격이 제대로 먹힙니다. 데스나이트의 경우 빛 속성의 공격에 매우 취약합니다."

데스나이트들의 몸 여기저기에 구멍이 뚫렸다.

"피의…… 율법……을……."

"죽여……야……."

놈들은 계속해서 똑같은 말을 중얼거리다가 이내 검은색 연기가 되어 사라져 버렸다.

플레이어들은 황당했다.

'쉬, 쉽다……!'

피닉스가 너무나 쉽게 놈들을 도륙해 버렸기 때문이다.

헤라클레스의 리더 김경수는 괜히 혼자서 머리를 흔들었다.

'착각하면 안 돼.'

저건 빛의 성웅이니까 가능한 거다. 저 겉모습만 보고 쉽다고 생각하면 절대로 안 된다.

'착각하면 안 돼.'

스스로를 다잡았다.

저건 빛의 성웅이니까 가능한 거라고!

많은 플레이어가 그렇게 생각하며 스스로를 다잡아야만
했다.

6장의 날개를 펼친 순백의 천사, 엘렌이 모습을 드러냈다.

"이제 제 차례인 것 같습니다."

그녀의 모습은 분명 아름다웠으나 뭔가 묘하게 흥분한 것
같은 느낌이었다.

무표정 속에서 새어 나오는 묘한 흥분감에 플레이어들은
넋 놓고 엘렌을 쳐다봤다.

뭐랄까. 조금, 귀엽다고나 할까.

'누구보다 빠르게.'

아이템들을 수거하려고 했다.

'기분이……'

나빴다. 데스나이트가 드랍한 아이템들을 주우려고 했는
데 선뜻 손이 가지 않았다.

엘렌이 멈칫하고 있는 사이 신희현이 걸어왔다.

"이것은 데스나이트가 드랍한 아이템입니다."

마치 엘렌의 마음을 이해하고 있기라도 한듯 그가 직접 아
이템을 주워 들었다.

신희현이 씨익 웃었다. 운이 매우 좋다고 생각했다.

'투구, 건틀렛, 망토, 갑옷, 신발.'

강현수는 행운 덕택에 좋은 아이템을 드랍시키고, 대도는 그 클래스 때문에 좋은 아이템을 얻을 확률이 매우 높다.

'그런 것도 아닌데.'

운이 굉장히 좋았다. 이건 좋다 수준이 아니었다.

[데스나이트의 투구를 획득하였습니다.]

[데스나이트의 갑옷을 획득하였습니다.]

[데스나이트의 건틀렛을 획득하였습니다].

[데스나이트의 신발을 획득하였습니다.]

[데스나이트의 망토를 획득하였습니다.]

신희현이 몸소 시범을 보여줬다.

방금 얻은 5개의 아이템을 전부 착용했다.

['데스나이트 세트'가 완성되었습니다.]

[세트 아이템의 버프 효과가 발생합니다.]

[특수 버프 효과 '사념의 집약'이 적용됩니다. 이는 데스나이트 세트를 착용하고 있는 동안에 유지됩니다.]

신희현의 몸에서 검은색 아지랑이가 피어오르기 시작했다.

"이렇듯 특수한 기류를 피워 올리는 놈들을 잡아 세트 아이템을 갖추게 되면 이러한 버프가 생깁니다. 가급적 세트를 맞추는 것이 좋겠지요. 게다가 이러한 어둠 속성의 경우 효과가 굉장히 뛰어납니다."

〈사념의 집약〉
과거 레플리타 제국 최강의 검투사들의 사념이 모여 이룬 망자의 기운. 착용자의 모든 능력치를 10퍼센트 상승시킨다.

모든 능력치가 10퍼센트 상승이다.
공격력, 방어력, 속도. 모든 능력치가 말이다. 뿐만 아니라 스킬의 능력치도 상승한다.
'올 스킬 리듀스의 능력도 10퍼센트 향상되겠지.'
어둠 속성의 세트 아이템. 쓸 때가 분명히 있다.
어둠 속성의 세트 아이템은 장점이 분명하다. 거의 모든 상황에서 매우 유용하게 쓰인다. 능력치가 매우 좋으니까.
다만, 빛 속성 계열의 공격을 하는 몬스터가 옆에 있을 때에는 벗어야만 했다.
빛 속성의 공격을 받으면 원래의 대미지보다 적게는 수배, 많게는 수십 배의 대미지를 받게 되니까.
"효과가 굉장한 대신 빛 속성의 공격에는 매우 취약합니다. 또한 낮 시간에는 오히려 디버프가 걸릴 확률이 높습니다. 직사광선을 맞으면 100퍼센트 디버프에 걸립니다. 그러니 조심하는 게 좋겠습니다."

신희현은 일부러 말을 천천히 했다.

지금 괜히 강의를 하고 있는 게 아니다.

플레이어들의 실력 향상, 지식 향상도 물론 중요하지만 지금은 어떻게든 자연스럽게 시간을 끌어야 했다.

'탁민호와 시간을 맞춰야 한다.'

지금 당장은 데스나이트 세트가 필요하지 않았다.

신희현은 길잡이다. 이 세트가 전투 클래스에게는 유용할지 몰라도, 길잡이에게는 그렇게 유용하지 않았다.

"그럼 이동하겠습니다."

일부러 시간을 끌었다.

플레이어들의 긴장이 조금씩 풀렸다. 확실히 빛의 성웅 뒤를 따르니 별로 어려울 것이 없었다.

헤라클레스의 리더, 김경수가 빛을 발견했다.

"밖이군요!"

통로 끝. 빛이 새어 들어오는 것이 보였다.

그쪽을 향해 걸어갔다. 거기서 김경수는 이상한 광경을 봤다.

"……응?"

김경수는 의아해했다.

'뭔가 많이…… 다르네?'

새롭게 나타난 이곳이 어떤 곳인지는 아직 파악하지 못했다.

그런데 저쪽, 반대편 통로에서 나타난 탁민호 일행의 꼴이 말이 아니었다.

거지도 저런 상거지가 없었다.

이쪽 플레이어들은 처음 들어갔던 그 상태 그대로였다면 저쪽은 온몸에 오물이 묻어 있었으며 머리는 산발이었고 이상한 악취까지 났다.

탁민호는 바닥에 대자로 누워 버렸다.

"으……."

이 짓, 정말 못해먹겠다.

신희현이 그에게 가까이 다가갔다.

"사상자는 어떻게 됩니까?"

"2명 죽었습니다. 중상자는 1명. 기타 경미한 부상자는 많습니다."

"……."

잠시 말을 잊었던 신희현이 진심으로 말했다.

"좋습니다."

정말 잘했습니다.

그렇게 말해준 거다.

하지만 탁민호 입장에서는 약간 비웃음처럼 들렸다.

'저쪽은 완전 멀쩡하네?'

신희현 길잡이가 이끌던 팀은 생채기 하나 없이 너무나 말끔해 보였다.

'나보고 진짜 잘했다고 하는 거 맞아?'

뭔가 조금 속는 기분이랄까.

마치 시험 100점 맞은 사람이 80점 맞은 사람한테, '우와! 잘했네! 엄청나!'라고 말하는 것 같은 그런 기분이었다.

"……감사합니다."

"제가 들어갔다면 탁민호 씨만큼의 실력을 발휘하지 못했을 겁니다."

100점짜리가 그런 말 해봤자 위로는 안 되는데요.

탁민호는 그 말은 삼켰다. 어쨌든 칭찬은 칭찬으로 받아야 할 것 아닌가.

"진심입니다. 진심으로 저는 탁민호 씨의 능력에 경의를 표합니다."

플레이어들은 다르게 생각했다.

'역시 빛의 성웅.'

'지략가의 기를 꺾지 않으려고 저러는구나.'

'저런 사람이 배려심까지 깊어?'

물론 플레이어들의 착각이다.

신희현은 탁민호의 능력에 정말로 감탄하고 있던 거다.

'내가 했을 때는…….'

그때는 18명이 죽었고 중상자가 40명 정도.

당연히 자잘한 부상자는 셀 수도 없었다.

그때와 비교했을 때 탁민호는 굉장히 좋은 성과를 올린 것이 틀림없었다.

신희현이 말을 이었다.

"이곳이 진정한 의미의…… 지저의 천공입니다. 위를 올려다보세요."

아직은 시간이 조금 있다. 이참에 설명을 끝내놓는 것이 좋았다.

플레이어들은 주변을 둘러봤다. 전체적인 형상은 아마도 원기둥일 것이라 짐작했다.

'둥근 광장. 그리고 높이 솟은 벽면.'

벽면은 굉장히 반짝거렸다.

어떤 플레이어가 손을 대봤는데 기름이 발라져 있는 것처럼 미끄러웠다.

"이 지저의 천공은 저 벽면을 타고 올라가 꼭대기에 있는…… 저 작은 점, 보입니까?"

저만치 높이, 정확한 높이를 가늠하기는 어렵지만 하늘이라 짐작될 만큼 높은 곳에 작은 구멍이 하나 보였다.

그곳을 통해 빛이 새어 들어왔다.

"플레이어들 중 단 한 명이라도 저 구멍을 통과하면 지저의 천공은 클리어됩니다."

여기서 봤을 때에는 굉장히 작은 구멍처럼 보인다.

"구멍의 지름은 약 30미터 정도 됩니다."

플레이어들은 컥 하고 신음성을 내뱉었다.

지름 30미터짜리 커다란 구멍이 여기서는 바늘구멍처럼 작게 보인다.

도대체 얼마나 높이 있는 것이란 말인가.

"그리고 보다시피 벽면은 굉장히 미끄럽습니다."

켈트 던전은 드리올 말뚝을 활용하여 클리어했었다.

'홍경식도 드리올 말뚝을 활용해서 클리어했었다.'

과거, 홍경식은 이곳에 있는 플레이어들을 고기 방패로 내세우고 혼자서 이 벽을 등반했다.

'시간이 지나면 말터가 나타날 테니까.'

이를 악물었다.

눈앞에서 사랑하는 여자를 찢어 죽였던 그놈. 그놈만큼은 반드시 잔인하게 죽여 버릴 것이다.

"지저의 천공은 시간이 지날수록 점점 더 가까워 옵니다."

"……예?"

"높이가 낮아진다는 소리입니다."

"그러면 기다리기만 하면 되는 것 아닙니까?"

"일정 높이 이하로 줄어들면……."

그땐 이곳이 붕괴된다. 그러면 몰살이다.

"일렁거림이 보입니다!"

신희현이 위쪽을 쳐다봤다.

여기저기서 일렁거림이 보이기 시작했다. 지저의 천공이 제대로 시작되었다는 의미다.

신희현이 이해할 수 없는 명령을 내렸다.

"지금의 몬스터는 그대로 둡니다."

공격 준비를 하고 있던 딜러들이 고개를 갸웃했다.

어째서?

일렁거림이 발생하고 있을 때야말로 최적의 공격 타이밍이 아니었던가. 탱커의 도움 없이도 공격할 수 있는 거의 유일하다시피 한 기회인데 왜?

"천장이 낮아진다고 했습니다. 낮아지면 낮아질수록 천장이 우리에게 가까워질수록 더 강력한 몬스터가 나타나게 됩니다."

체력을 회복한 탁민호도 자리에서 일어섰다.

'그런 의미인가.'

탁민호는 빛의 성웅이 무슨 말을 하고 있는지 깨달았다.

'약한 몬스터들을…… 방패로 내세우겠다는 소리다.'

제대로 이해한 게 맞았다.

'몬스터의 숫자가…… 굉장히 많아.'

일렁거림의 규모가 상당했다. 몬스터 웨이브 정도 되는 것 같았다. 몬스터들이 모습을 드러냈다.

이제는 정말로 전투 상황.

신희현이 반말로 빠르게 말을 이었다.

"놈의 이름은 네 발 제비. 빠른 이동 속도를 자랑하지만 공격력은 보잘것없다. 굉장히 거슬릴 것이 분명하지만……그대로 둔다."

플레이어들은 입을 쩍 벌렸다.

"세상에……."

"뭐 저렇게 많냐?"

네 발 제비는 발이 네 개 달린 제비 형태의 몬스터.

특이점이 있다면 발이 제비가 아니라 독수리 같았다.

발이 기형적으로 컸으며 그 끝에는 칼날처럼 날카로운 발톱이 달려 있었다.

전체적인 색깔은 검은색이었는데 검은색 바다가 밀려드는 것 같았다.

신희현이 명령을 내렸다.

"놈들의 공격을 최대한 막아낸다. 정말 위급한 상황이 아니라면 공격은 하지 않도록."

플레이어들은 일단 그 말을 들었다.

아까의 그 상황, 그러니까 탁민호의 팀만 거지꼴이 되었던 그 상황이 신희현의 말에 힘을 실어줬다.

빛의 성웅의 말만 잘 들으면 아무런 피해 없이 잘 클리어할 수 있다!

그것이 플레이어들의 무의식 속에서 강하게 작용했다.

'홍경식은…… 플레이어들은 고기 방패로 내세웠다.'

어차피 네 발 제비는 약한 몬스터다. 숫자만 굉장히 많다. 레벨은 해봐야 300대 초반.

아탄티아 던전에 저렇게 약한 몬스터가 있다?

이건 분명 뭔가 있는 거다.

당시 홍경식은 아마도 이 사실을 놓쳤던 것 같다.

'홍경식이…… 이놈들을 전부 죽였기 때문이다.'

사실상 그건 어쩔 수 없는 선택일 수도 있었다.

신희현 스스로도 공격 본능을 겨우 억눌렀다.

놈들의 숫자가 너무 많아서 위협적이었기 때문이다.

과거의 지식이 없었다면 신희현도 놈들을 공격했을 거다.

시간이 지나면 천장이 낮아질 거고 천공이 가까이 다가올 거다.

낮아지고 낮아지다 보면 언젠가 말터 놈이 모습을 드러낼 거다.

알림이 들려왔다.

[시간이 지체되었습니다. 천공이 하강합니다.]

[천공이 20미터 지점까지 접근하면 지저의 천공은 붕괴됩니다.]

[지저의 천공이 붕괴되면 플레이어들의 생존 확률은 0퍼센트입니다.]

천공이 아주 조금 더 크게 보였다. 확실히 천장이 내려왔다는 소리다.

탁민호는 네 발 제비의 공격을 피해내면서 상황을 분석했다.

'확실히……'

이 제비들은 거슬렸다. 그건 맞았다. 플레이어들의 몸에 약간의 생채기가 나기도 했다.

그러나 결코 위협적인 몬스터는 아니었다. 보기에만 위협적일 뿐.

'천공이 적당히 내려왔을 때. 그때 클리어를 진행할 생각이다. 빛의 성웅은.'

지독히도 합리적인 선택이다.

어차피 저 구멍을 통과해야 한다. 그리고 그 구멍은 내려오고 있다. 내려오고 있는 구멍을 향해 구태여 올라갈 필요는 없지 않은가.

'이곳이 붕괴된다는 저 알림은 플레이어들을 다급하게 만들기 위한 함정이겠지.'

여기저기서 가벼운 비명, 혹은 짜증 섞인 투정이 들려왔다.

"아씨, 또 할퀴었어. 개짜증 나네."

"확 죽여 버릴 수도 없고."

중간중간 몇몇 플레이어가 몇 마리의 네 발 제비를 죽였다. 눈을 공격하거나 중요한 곳을 공격할 때. 그때는 어쩔 수 없이 놈들을 죽여야만 했으니까.

네 발 제비 이후로 나타난 몬스터는 코끼리 독수리.

네 발 제비보다 5배는 큼직한 덩치를 가지고 있었으며, 코끼리의 코와 비슷하게 생긴 기다란 코가 달려 있는 놈이었다.

"놈들은 산성 액체를 뿜어낸다. 그것만 조심해."

안 그래도 몬스터 천지였던 이곳이 점점 더 복잡해졌다.

제비 떼와 독수리 떼가 몰려들었다.

그다음은 뼈 독수리.

해골로만 이루어진 형태의 새였다.

놈들은 부숴도 부숴도 다시 독수리의 뼈 모습을 갖추고 다시 덤벼드는 형태의 언데드 몬스터였다.

놈들을 완전히 없애려면 재생이 불가능할 정도로 아예 가루를 내버리거나 빛 속성의 공격으로 죽여 버려야 했다.

[시간이 지체되었습니다. 천공이 하강합니다.]

[천공이 20미터 지점까지 접근하면 지저의 천공은 붕괴됩니다.]

[지저의 천공이 붕괴되면 플레이어들의 생존 확률은 0퍼센트입니다.]

몇 번이나 같은 알림음이 들려왔다.

신희현은 잠자코 위만 계속 쳐다봤다. 김경수가 네 발 제비들을 헤치며 물었다.

"언제까지 이 상황을 지속해야 하는 겁니까?"

"제가 천공을 향해 올라갈 때까지."

"······그게 언제입니까? 이대로 시간이 지나면 플레이어들도 지칠 거고 천장이 내려앉을 겁니다."

생존 확률 0퍼센트. 그 말은 곧 사망 확률이 100퍼센트라는 소리지 않은가.

김경수 역시 사람이다. 빛의 성웅을 믿기는 하지만 그래도 물을 건 물어야 했다.

'곧 말터가 나타난다.'

신희현이 말했다.

"곧 보스 몹이 나타날 겁니다."

보스 몹이 나타나면 플레이어들을 고기 방패로 내세워서 보스 몹의 시선을 끌고 그사이 벽타기가 가능한 길잡이가 벽면을 올라 천공을 통과하는 것.

그것이 홍경식이 사용했던 클리어 방법이었다.

그 과정에 강민영이 죽었다.

그 당시 홍경식에게는 다른 방법이 있었다. 왜냐하면 그는 스카일을 가지고 있었으니까.

이를 악물었다.

'그 개새끼.'

그 개새끼는 켈트 던전을 클리어했었고 스카일을 분명 가지고 있었다. 그럼에도 불구하고 다른 방식으로 클리어했다.

무슨 생각인지 모르겠지만 그 당시 홍경식은 최상위급 플레이어들을 일부러 죽인 거다. 고기 방패로 내세워서 말이다.

신희현이 큰 목소리로 설명했다.

"보스 몹이 나타나면 우리는 놈에게 집중한다."

보스 몹 말터. 팔이 여섯 개, 머리가 두 개 달린 크기 약 4미터의 거인형 몬스터.

"놈은 제대로 움직이지 못할 거다."

왜냐하면 그놈은 이 '새 형태'의 몬스터들을 아꼈으니까.

이 몬스터들이 놈의 운신을 자유롭지 못하게 만들 거다.

그렇기 때문에 신희현은 군이 이 많은 몬스터를 죽이지 않고 그냥 내버려 뒀다. 놈의 움직임을 묶어버리기 위해서.

신희현의 눈이 이글이글 타올랐다.

"보스 몹을 제거한 이후, 그때부터 벽면을 오를 거다."

나타나라, 말터.

'민영이를 죽였던 그 방식으로.'

똑같이 죽여주겠다.

그렇게 마음먹었다.

그때 알림음이 들려왔다.

[시간이 지체되었습니다. 천공이 하강합니다.]

그리고 그 이후.

[보스 몬스터, 말터가 생성되었습니다.]

[보스 몬스터 존이 선포됩니다.]

드디어 보스 몬스터존이 선포되었다.

주변이 붉게 물들었다. 목소리가 들려왔다.

"크흐흐! 하찮은 먹잇감들이 발악을 하는구나! 산 채로 찢어 먹어주마!"

거기에 더해 이미 예상하고 있던 알림까지 이어졌다.

[보스 몬스터 존의 영향으로 인하여 레벨이 제한됩니다.]

그런 것 따윈 상관없었다.

신희현이 말터를 노려봤다.

"네놈은…… 내가 죽여 버린다."

말터가 '얘들아, 좀 비켜줄래? 나는 저놈들을 씹어 먹고 싶단 말이야'라면서 몬스터들을 헤치고 모습을 드러냈다.

신희현과 눈을 마주쳤다.

그의 눈동자가 굉장히 빠르게 이리저리 움직였다. 여섯 개의 팔에 달린 여섯 개의 검지가 신희현을 가리켰다.

"너, 맛있게 생겼다. 찢어서 피에 적셔 먹으면 아주 맛나겠어. 흐흐흐!"

8장
놈이 너무 강합니다

머리가 두 개, 팔이 여섯 개 달린 4미터짜리 거인형 몬스터.
여섯 개의 팔은 각기 다른 병장기를 들고 있었다.

오른쪽 한 개의 팔에 2m가 넘어 보이는 대검을, 또 다른
팔에 붉은색 스태프를 들었다. 남은 하나의 팔은 아무것도
들고 있지 않았다.

맨 위쪽의 왼팔은 노란색 스태프를, 그 아래팔은 파란색
스태프를, 그리고 그 아래팔은 방패를 들고 있었다.

놈의 손목에는 푸른색 조각돌 같은 것이 박혀 있었는데 그
것은 은은한 빛을 뿌리고 있었다.

신희현은 놈을 살폈다.

'저건……'

분명 어떠한 역할을 하는 물건일 확률이 높았다.

과거엔 말터를 사냥하지 않았었다. 플레이어들이 일방적으로 학살당했었다. 그사이 홍경식이 이곳을 클리어했었고.

그래서 놈이 어떤 방식으로 싸우는지 어떤 힘을 보유하고 있는지는 잘 모른다.

확실한 건 '피에 적신 고기'를 좋아하는 미치광이 몬스터라는 거다.

'네놈은 반드시 죽여 버린다.'

라비트를 소환했다.

플레이어들에게 말했다.

"내가 먼저 놈의 능력을 파악한다."

레벨 제한 때문에 레벨이 똑같아진 보스 몬스터를 완전히 혼자서 레이드할 생각은 없다. 그건 아마 불가능에 가까울 거다.

홍경식이 그랬던 것처럼 플레이어들을 먹이로 던져 주지는 않을 거지만, 그래도 플레이어들을 어떤 식으로든 활용해야 하는 것은 맞았다.

'달려가겠소!'

라비트가 앞으로 내달렸다.

"일격필살!"

라비트가 검을 내뻗었다. 방패가 없는 왼팔 쪽이었다.

라비트 역시 놈의 기세가 심상치 않다는 것을 느꼈다.

단 한 번의 공격에 모든 걸 취할 수 있을 거라고는 생각하지 않았다.

지금 이건 일종의 간보기다. 어느 정도의 능력을 갖고 있는지 파악하기 위한.

그때.

챙!

요란한 소리가 터져 나왔다.

라비트가 황급히 몸을 뒤로 뺐다. 수염이 부르르 떨렸다.

"나, 나, 나의 검이……!"

라비트는 믿을 수 없다는 듯 말터와 자신의 검을 쳐다봤다. 얇은 형태의 레이피어. 그의 검이 두 동강 나 있었다.

신희현도 놀랐다.

'놈의 방패는 분명 오른팔에 있었다.'

라비트의 검이 부러졌다.

덕분에 수확이 하나 있었다.

'놈의 손에 들려 있는 병장기는 자유자재로 이동이 가능하다.'

손목에 있던 푸른색 돌이 빛남과 동시에 병장기의 위치가 바뀌었다.

원래 검을 들고 있던 팔이 지금은 방패를 들고 있었다.

'라비트, 일단 퇴각해.'

라비트의 검은 간소화 주머니에 몇 개 들어 있다. 그건 신희현이 가지고 있었고 그 검을 받기 위해서라도 일단은 퇴각해야 했다.

'알겠소!'

말터는 기다란 혓바닥으로 얼굴을 핥았다.

"어딜 가니? 생쥐 고기도 먹어보고 싶었단 말이야. 네 녀석은 크기가 작으니까 머리부터 오도독 씹어 먹으면 맛이 일품이겠는걸?"

말터가 라비트를 빠르게 쫓았다.

"루시아."

루시아가 소환됐다.

'놈을 막아. 목표는 두 다리.'

루시아가 라이플을 발사했다.

탕!

총성이 터져 나왔다. 그러나 효과가 없었다.

분명 무릎에 명중했건만 말터는 그 어떠한 대미지도 입지 않은 것 같았다.

신희현은 상황을 파악할 수 있었다.

'원거리 공격에 엄청난 내성을 가지고 있다.'

원거리 공격에 대한 특별한 방어력을 가지고 있는 몬스터.

'그래서……'

그래서 강민영이 제대로 대처하지 못하고 말터에게 당했을 수도 있다.

적어도 지금의 전투에 있어서 루시아는 필요 없었다.

결정을 내린 신희현은 루시아를 바로 역소환시키고 대신 마틴을 소환했다.

"마틴."

마틴과 함께 헤라클레스의 김경수도 방패를 들어 올렸다.

"함께합니다."

마틴과 김경수가 함께 말터를 향해 달렸다.

"크러쉬!"

김경수의 몸이 빠르게 앞으로 쏘아졌다.

방패를 앞세운 그의 몸이 말터의 몸과 부딪치는가 싶었는데.

쾅!

김경수의 몸이 저만치 멀리 날아가 벽면에 부딪혔다. 충격이 상당한 듯 입에서 피를 흘렸다.

그사이 새로운 검을 지급받은 라비트가 돌아왔다.

'놈은 매우 강력하오.'

신희현은 입술을 깨물었다.

'말터의 레벨은 500.'

그러니까 레벨 480 이상의 플레이어만이 놈을 잡는 데에 도움이 될 수 있다는 소리다.

직접적인 공격을 가할 수 있는 플레이어는 약 30여 명.

'보스 몬스터 보정이 꽤나 지독하게 들어간 모양이야.'

레벨은 500이지만 능력치는 그것을 훨씬 웃돌았다.

신희현은 김경수에게 아이템을 건넸다.

"이걸 사용해."

김경수가 받아 든 아이템은 다름 아닌 '데스나이트 세트'
다. 이게 그의 모든 능력치를 올려줄 거다.

놈에게 '빛 속성 공격'이 있다면 모를까 그게 아니라면 데
스나이트 세트는 큰 도움이 될 거다.

김경수는 지금 찬물, 뜨거운 물을 가릴 때가 아니었다.

"고, 고맙습니다."

서둘러 아이템을 착용했다.

"재미있네. 재미있어. 그런데 아까 그 빨간 머리 암컷은
어디 갔어?"

말터는 순간 몸을 배배 꼬더니 이상한 행동을 취하기 시작
했다.

신희현마저도 벙찔 정도로 황당했다.

말터는 두 개의 머리를 갖고 있다. 그 두 개의 머리끼리 키
스했다. 혀가 굉장히 길었는데 혀가 혀끼리 얽히고설키는 게
보였다.

침이 뚝뚝 떨어져 내렸다.

그러고 나서 말했다.

"암컷의 성기는 아주 별미인데 말이야."

입가에서 침이 줄줄 흘러내렸다.

"그걸 피에 적셔서 와그작와그작 깨물어 먹으면 그렇게 보
드라울 수가 없어요!"

말터가 끼히히히! 하고 웃었다.

그런데 그때 말터의 팔이 고무줄처럼 주욱 늘어나 한 플레이어에게 닿았다.

이건 신희현도 예상하지 못했다.

말터는 그 상태 그대로 플레이어를 잡아당겨서 제 몸 앞까지 끌어당기더니 플레이어의 팔을 잡아 뜯었다.

말 그대로 찢어버렸다.

"크아아아악!"

비명이 터져 나왔고 피가 뿜어져 나왔다. 말터는 그 피를 뒤집어썼다.

그리고 혀로 자신의 얼굴에 묻은 피를 핥아먹더니 찢은 팔을 피가 콸콸 쏟아져 나오고 있는 어깨에 댔다.

"맛있어! 으음! 맛있어!"

팔을 씹어 먹었다.

그 순간, 신희현은 이성을 잃을 뻔했다.

'이 개새끼가!!!'

저 모습, 봤다. 본 적 있다. 결코 잊을 수 없다.

강민영에게 저런 모습을 보였다.

'그때 나는 도망쳤었다.'

강민영이 가라고 해서, 그래서 도망쳤다.

그 당시 신희현은 아무런 도움도 되지 못했다.

강민영이 저런 꼴을 당했었다.

'반드시 죽여 버린다.'

간만에 순수한 분노가 피어올랐다.

'너만큼은 무슨 일이 있어도.'

번 아웃되어서 쓰러지는 한이 있더라도 반드시 죽여 버릴 거다.

'소환사의 비술.'

소환사의 비술을 사용해서.

'칸드 소환.'

바람의 정령왕 칸드를 소환했다.

일순간 에메랄드빛 바람이 이곳을 가득 채웠다.

'제정신이냐?'

라이나를 의식해서 끝에 소심하게 '요?'를 붙였다.

'저놈을 죽여.'

'놈과 전력으로 싸우려면 계약자 당신 역시 쓰러질 터.'

'그건 내가 감당할 문제다.'

퓨리어스가 있다. 운 좋게도 퓨리어스 여러 병을 구할 수 있었다. 그래서 이렇게 도박을 할 수 있는 거다.

정령왕을 소환하여 말터와 정면승부를 벌이는 것.

정령왕 칸드는 이해할 수 없었다.

'굉장히 화가 나 있군.'

이 계약자가 이렇게까지 자신의 마음을 숨기지 못하는 것은 처음 본다.

칸드가 입을 열었다.

"네놈은 뭘 하는 놈이냐?"

말터는 대답하지 않았다. 팔을 우적우적 씹어 먹기에 바빴다.

'칸드, 공격을 준비해.'

지금 당장은 공격할 수가 없다.

[절대 방어 영역이 선포됩니다.]

[공격할 수 없습니다.]

신희현의 입장에서 정말로 짜증 나는 알림이 아닐 수 없었다.

말터가 무언가를 먹고 있는 도중에는 공격이 불가능했다.

말터는 자신의 뭔가를 먹을 때에는 모든 공격을 무효화시키는 특별한 능력까지 갖추고 있었다.

그때 다른 알림도 들려왔다.

[시간이 지체되었습니다. 천공이 하강합니다.]

[천공이 20미터 지점까지 접근하면 지저의 천공은 붕괴됩니다.]

[지저의 천공이 붕괴되면 플레이어들의 생존 확률은 0퍼센트입니다.]

신희현은 다른 결정을 내렸다.

"탁민호, 이걸 받아서 천공을 공략한다."

스카일을 건넸다.

탁민호의 얼굴이 흙빛으로 변했다.

오늘, 뭔가 심상치가 않다. 저 말터라는 놈은 빛의 성웅조차도 제대로 감당할 수 없는 몬스터임에 틀림없었다.

"이름은 스카일. 하늘을 걸을 수 있도록 도와준다."

또 말을 이었다.

"원거리 딜러들은 탁민호를 엄호한다."

많은 플레이어가 말터 사냥에 도움이 되지 못한다. 그러니 탁민호를 돕게 하는 것이 맞았다.

탁민호가 입술을 깨물었다.

'미친……'

제아무리 하늘을 자유롭게 뛰어다닐 수 있는 신발이 있다고 해서.

'저 몬스터 무리를 뚫고?'

저 새까만 몬스터 무리를 뚫고 저 위의 천공까지 어떻게 접근한단 말인가.

신희현이 말을 이었다.

"붕괴 속도가 점점 빨라질 거다. 네가 보고 있는 천공보다는 훨씬 가까운 위치에서 천공을 통과할 수 있을 거다."

신희현은 이를 악물었다.

저놈을 반드시 죽여 버릴 거다.

죽이는 건 맞는데 만약 시간이 너무 지체되어 버린다면?

그러면 여기 있는 모두가 죽는다.

교토삼굴이라 했다. 대비책은 세워놓아야 했다.

'과거의 홍경식도 해냈다.'

그러면 탁민호도 할 수 있을 거다.

스카일이 있으니까.

그 당시 홍경식은 스카일을 사용하지 않았었지만, 그래서 많은 피해가 있었지만 탁민호는 스카일을 사용해서 훨씬 수월하게 오를 거다.

[절대 방어 영역이 해제됩니다.]

말터가 눈을 감고 몸을 배배 꼬았다.

"맛있었어. 이번에는 누굴 먹어볼까?"

그때 정령왕 칸드가 만든 에메랄드빛 바람이 돌풍을 일으키기 시작했다.

'절삭의 바람.'

최상위급 이상의 정령들만이 사용하는 '바람' 스킬이 세상에 모습을 드러냈다.

에메랄드빛 바람이 소용돌이치며 말터를 휘감았다.

말터도 순간 당황하여 팔다리를 허우적거렸다.

"뭐, 뭐야? 이건? 이 기분 나쁜 이상한 바람은 뭐야?"

일반적인 바람이 아니다. 무려 정령왕이 일으킨 바람이다.

그 바람이 말터의 몸을 감싸고 맹렬히 회전했다. 엄청난 속도였다.

그 바람은 칼날을 머금고 있기라도 한 것처럼, 말터의 몸에 자잘한 생채기를 냈다.

[스킬, 절삭의 바람을 사용합니다.]

맹렬히 회전하는 에메랄드빛 바람이 이내 붉은색으로 변했다.

말터의 피 때문이었다.

"끄아아아악!"

말터가 높은 비명을 토해냈다.

신희현의 몸이 휘청거렸다.

소환사의 비술을 통해 체력 소모 없이 칸드를 소환해 냈고, 올 스킬 리듀스를 통해 마력 소모를 획기적으로 줄였으며, 칼리아의 반지로 마력을 회복시키고는 있으나 '절삭의 바람'을 감당하기에는 조금 부족한 감이 있었다.

바람이 더욱 맹렬히 회전했다.

'계약자, 버틸 수 있겠나?'

'앞으로 1분. 1분은 버틸 수 있다.'

1분은 정말로 맥시멈이다.

1분이 지나고 나면.

'나는 아마 정신을 잃겠지.'

정신을 잃을 가능성이 높았다.

번 아웃에 빠져들 것은 이미 예견된 사실.

정령왕 칸드가 씨익 웃었다.

'이런 역겨운 잡몹을 처리하는 데 1분이면 충분하지.'

에메랄드빛 바람이 더욱 세차게 회전하며 말터의 몸을 갉아먹었다.

"아파! 아프다고! 아픈 거 싫다고! 아파! 그만해! 그만하라고! 내가 잘못했어! 다시는 안 그럴게! 안 그럴 거야!"

말터가 애원하는 목소리가 들려왔다. 하지만 정령왕의 바람은 더욱 세차게 끓어올랐다.

데스나이트 세트를 착용한 김경수는 입을 쩍 벌렸다.

'저게 정령왕……'

신희현이 정령왕을 소환할 수 있다는 소문은 이미 퍼져 있었지만 저렇게 사용하는 건 처음 본다.

감히 범접할 수 없는 어떤 기운 같은 것이 느껴졌다.

저 소용돌이치는 바람의 극히 일부, 아주 작은 바람의 조각이 뜯겨져 나온다면?

'그 조각만으로도 나는 죽는다.'

그렇게 느껴졌다.

신희현은 주먹을 불끈 쥐었다.

어지러웠다. 대량의 마력이 한꺼번에 빠져나가서 그렇다.

'퓨리어스를······.'

퓨리어스를 먹으면 몸이 원상태로 돌아올 거다.

시스템을 통틀어 그가 아는 한 최상의 회복 포션이었으니까. 모든 상태 이상을 치료하고 몸을 최고의 컨디션까지 올려주는 비약.

그런데 알림이 들려왔다.

[절대 방어 영역이 선포됩니다.]
[공격할 수 없습니다.]

정령왕 칸드의 공격마저 놈을 죽이지 못했다.

공격 자체가 먹히지 않았으니까. 바람이 걷혔다.

말터의 몰골은 말이 아니었다. 피부 전체가 뜯겨져 나가 너덜너덜했다.

얼굴 하나는 해골만이 남을 정도였다. 피부가 전부 벗겨졌다.

말터가 소리쳤다.

"죽여 버린다!!! 이 개새끼!!!"

말터의 몸이 빠르게 접근했다.

이 모든 일을 만든 원흉, 신희현을 향해서.

"내가 잘못했다고 했는데! 그런데도 날 괴롭혀!!!"

엄청난 속도였다.

"나쁜 놈!!!"

말터가 대검을 들어 올려 신희현을 향해 휘둘렀다.

"나쁜 놈!!!"
커다란 소리와 함께 후웅! 파공성이 일었다.
말터의 대검이 신희현을 향해 날아들었는데.
챙!
쇠붙이와 쇠붙이가 부딪치는 요란한 소리가 들렸다.
"비록 활약은 못 하고 있지만 나를 잊으면 곤란하오. 팔이
여섯 개인 그대여."
"이, 이이……!!!"
말터의 눈이 이상하게 변했다.
아주 짧은 시간이지만 신희현은 그 변화를 정확하게 알아
차렸다.
말터는 두 개의 머리를 갖고 있다. 그래서 눈이 4개다. 그
4개의 눈이 각각 다른 색깔로 충혈(?)됐다.
라비트는 속으로 안도의 한숨을 내쉬었다.
'다행이오.'
'별로 걱정할 필요는 없었어.'
사실 '절대 방어 영역'이라는 건 어디까지 '방어'의 범위에
해당되는 영역이다.

'잘했다, 라비트.'

그래서 '공격 의사'를 전혀 가지고 있지 않은 '방어'는 가능했다.

라비트의 행동에는 공격 의사가 전혀 없었으니까. 그래서 검으로 말터의 공격을 막아낼 수 있었다.

'주인의 심장은 강철로 만들어진 것이오?'

그것도 어느 정도 맞는 말이지만 마냥 그런 건 아니다.

시스템을 적절히 활용할 줄 아는 베테랑이기에 별로 당황하지 않았던 거다. 경험이 그를 차분하게 만들어줬다.

말터는 흥분했다.

"모두! 모두 죽여 버릴 테다!"

말터는 이성을 잃은 듯 라비트를 향해 주먹과 대검을 한꺼번에 뻗어냈다.

라비트는 잽싸게 몸을 돌려 그것을 피해냈다.

"그대의 힘은 무척이나 강하오!"

라비트는 팽그르르 몸을 돌린 뒤 레이피어를 뻗었다.

"힘을 힘으로 제압하는 것은 내 방식이 아니오!"

미간을 향해 날아드는 레이피어를 본 말터가 방패를 들어 올렸다. 어느새 왼팔 중에서도 가장 위쪽에 위치한 왼팔에 방패가 들려 있었다.

"내 그럴 줄 알았소!"

라비트는 이미 예상하고 있었다는 듯 검을 빠르게 회수

했다.

저 방패와 정면으로 부딪치면 또다시 소중한 검이 부러지고 말테니까.

물론 이건 라비트가 생각해 낸 게 아니다.

'주인은 아무래도 천재인 것 같소.'

교감을 통해 신희현에게 지시를 받고 있는 거다.

'이제 어디를 공격하오?'

'배.'

빠르게 회수한 검을 이번에는 배를 향해 찔렀다.

"일격필살!"

푸욱!

라비트의 레이피어가 말터의 배에 꽂혔다. 하얀색 배에서 붉은색 피가 줄줄 흘러나왔다.

"으아악!"

말터가 비명을 질렀다.

말터의 몸이 순간, 사라졌다.

혹시 몰라 라비트는 얼른 신희현 옆에 섰다.

신희현은 인상을 찡그렸다.

'블링크?'

말터는 전형적인 마검사 타입의 몬스터다. 그것도 여러 가지 속성을 다룰 수 있는.

'노란색 스태프는 전계 마법. 파란색 스태프는 수계 마법.

붉은 스태프는 화염계 스태프를 뜻할 확률이 높다.'

거기에 방패와 검까지 사용한다.

그리고 무기의 위치를 자유자재로 바꿀 수 있어 효율적인 움직임이 가능하다.

'하지만…… 그것에도 쿨타임이 있지.'

그것을 알아차렸기 때문에 라비트가 놈의 배를 공격할 수 있었던 거다.

놈이 '마검사'라는 것에 중점을 두고 생각했었다.

마법이란 건 쿨타임이 존재하게 마련이다. 무기의 위치를 바꾸는 것 역시 일종의 마법이라고 하면 아주 잠깐이라 해도 쿨타임이 있을 거라 생각했다.

라비트의 움직임은 그 '잠깐'보다 더 빠를 것이 분명했고.

'퓨리어스는…….'

일단 나중에 먹기로 했다. 아직까지는 버틸 만했다. 정령왕 칸드는 역소환한 지 오래.

'좀 더 놈을 지켜본다.'

그사이 알림이 한 번 더 들려왔다.

[시간이 지체되었습니다. 천공이 하강합니다.]

[천공이 20미터 지점까지 접근하면 지저의 천공은 붕괴됩니다.]

[지저의 천공이 붕괴되면 플레이어들의 생존 확률은 0퍼센트입니다.]

점처럼 보였던 '천공'이 이제는 제법 커다랗게 보였다. 그만큼 높이가 낮아졌다는 소리다. 김경수는 깨달았다.

'붕괴의 속도가 점점 빨라지고 있다.'

아직까지는 여유가 있어 보이기는 했지만 그래도 이제는 슬슬 걱정할 때가 됐다.

'이 추세로 계속해서 빨라진다면.'

그때는 어떻게 될지 모르겠다.

탁민호가 열심히 올라가고 있는 것처럼 보이기는 했지만 몬스터들에 가로막혀 몇 번인가 아래로 내려왔다.

'말터도 쉽지 않을 것 같고.'

쉽지 않은 정도가 아니었다. 말터는 이상한 행동을 취하고 있었다.

'젠장할. 치유 마법까지 쓸 줄 알아?'

말터의 6개 팔 중 하나. 맨손이 말터의 배를 쓰다듬었다. 배의 상처가 아무는 것이 보였다.

말터는 씩씩대며 신희현을 비롯해 플레이어들을 노려봤다.

"감히 나를 아프게 했어? 지금 그런 거지? 피에 절여 먹어도 시원찮을 놈들!"

그때, 신희현이 외쳤다.

"빙계 마법사들! 각자 할 수 있는 가장 강한 단일 공격으로 놈을 공격한다!"

신희현은 이곳에 변도현이 있다는 사실을 안다. 변도현뿐만 아니라 강하나도 여기에 있다.

'둘의 실력은 비슷비슷할 터. 타겟팅 블리자드까지는 아니어도…….'

타겟팅 블리자드.

단일 개체에 강력한 영향을 끼치는 얼음 폭풍을 일으키는 스킬이다.

최후의 던전에서 얼음계 마법사들이 주력으로 사용하던 얼음계 마법.

'아이스밤 정도만 되어도 좋다.'

그 정도만 되어도 충분히 타격을 가할 수 있을 거다.

변도현과 강하나가 동시에 외쳤다.

"타겟팅."

"타겟팅."

설마 싶었는데.

"블리자드!"

"블리자드!"

두 명의 얼음계 마법사가 동시에 '타겟팅 블리자드'를 외쳤다.

강하나는 깜짝 놀랐다.

'나 말고 타겟팅 블리자드를 쓸 수 있는 사람이 또 있었어?'

지금은 사형을 당해 사라진, 과거 미치광이 학살자라 불리던 변도현 정도면 모를까. 자신 말고 또 타겟팅 블리자드를 쓸 수 있는 마법사가 있다니. 아무래도 고구려 소속 마법사인 것 같은데.

'질 수 없지.'

변도현도 아니고 이름이 알려지지도 않은 초짜(?)를 상대로 약한 모습을 보일 수는 없지 않은가.

말터의 몸이 시뻘겋게 달아올랐다. 붉은색 기류가 뿜어져 올라왔다.

그곳에 400대 중반 두 마법사의 '타겟팅 블리자드'가 쏟아져 내렸다.

단일 개체에 작용하는 국소 범위의 얼음 폭풍.

신희현이 씨익 웃었다.

'분명히 도움이 된다.'

놈의 몸에서 뿜어져 나오고 있는 붉은색 기류가 조금 약해졌다.

'조금…… 알 것 같다.'

말터는 분명 마법을 준비하고 있었다. 그것은 아마도 화염계 마법일 터.

두 명의 빙계 마법사가 그걸 저지했다.

얼음은 불의 '극성'이라고 하기에는 조금 무리가 있기는 했다.

각 속성에 대해 '극성'을 가지는 경우는 어둠과 빛, 그리고 수계 속성과 전계 속성. 이 두 가지뿐이다.

나머지는 '좀 더 유리한 상성'을 갖는다.

얼음계 마법은 화염계 마법에 비해 유리한 상성을 가지고 있다. 같은 크기의 마법끼리 부딪친다면 얼음계 마법이 화염계 마법을 이긴다.

같은 이치로 얼음계 마법은 화염계 속성 몬스터에게 큰 효과를 발휘한다.

'지금, 놈은 화염계 몬스터다.'

신희현의 판단은 훌륭했다. 말터가 아무런 공격도 하지 못했으니까.

'그렇다면 그다음은…….'

어쩌면 다른 마법이 튀어나올 수도 있겠다는 생각이 들었다.

강력한 스파크가 튀었다. 변도현과 강하나가 구사한 타겟팅 블리자드가 거의 끝나감과 동시에 노란색 전류가 여기저기로 튀었다.

파지직-!

파지직-!

말터가 서 있는 땅, 그리고 말터의 몸에서 이번에는 노란색 기류가 뿜어져 나오고 있었다.

"죽엇!"

여기저기에 작은 벼락이 떨어져 내렸다.

신희현은 마틴을 소환했다. 마틴이 방패를 들어 올렸다.

"짜릿짜릿합니다요!"

말터의 방패가 피뢰침 역할을 했다. 주변의 벼락 몇 개를 몸으로 흡수했다.

"큭!"

그런데 모두가 마틴처럼 벼락을 수월히 막아낸 건 아니었다.

김경수가 서둘러 상황을 보고했다.

"2명이 사망했습니다."

2명이 벼락에 맞아 사망했다. 보조 계열 클래스를 가진 플레이어였다.

"4명이 회복 중입니다. 제대로 움직이지 못합니다. 또다시 공격이 이어지면 생사를 장담할 수 없습니다."

김경수는 이를 악물었다.

"저 치사한 새끼……!"

말터는 라비트에 의해 배가 뚫리고 나서는 일절 접근하지 않았다. 블링크를 통해 거리를 벌리면서 계속해서 마법을 사용해 댔다.

신희현은 동요하지 않았다.

원래 레이드라는 건 적게는 몇 명, 많게는 수십, 수백 명이 죽을 각오를 하고 하는 거다. 몬스터를 잡다가 사람이 죽는 건 이미 익숙한 상황이다.

신희현이 말터를 응시했다.

"벼락은 떨어지지 않아."

신희현은 놈의 행동 패턴을 완전히 파악하기 위해 놈을 계속해서 관찰하고 있는 중이다.

'화염계, 그리고 전계 마법을 사용했다.'

사용하지 않은 스태프는 파란색.

얼음계 혹은 수계 마법일 확률이 매우 높았다.

"흙 속성 마법사, 벽을 만들어."

그렇다면 그에 따라 대비를 하는 것이 좋았다.

물 속성에 '상극'이라 하기에는 어려웠지만 흙 속성은 물 속성에 유리한 상성을 가지고 있으니까.

운 좋게도 흙 속성 마법사의 숫자가 세 명 정도는 되었다.

"소일 월!"

커다란 벽들이 세워졌다.

높이 약 5미터, 길이는 약 10미터.

흙으로 만들어진 이 벽은 원래 광범위 방어 마법이다.

말터의 몸이 파란색 기류에 휩싸였다. 말터가 스태프를 휘둘렀다.

"모두 죽어어엇!!!"

여기저기서 물기둥이 뿜어져 나왔다. 소일 월과 물기둥이 부딪쳤다.

[시간이 지체되었습니다. 천공이 하강합니다.]
[천공의 하강 속도가 더 빨라집니다.]

천공의 하강 속도까지 빨라진단다.

설상가상으로 소일 월 하나가 파괴되었다. 물기둥이 플레이어들을 덮쳤다.

위력이 많이 약화되기는 했지만 말터가 사용한 마법은 그렇게 만만하지 않았다.

"중상자 넷 발생!"

다행히 사망자는 없었다.

"어떠냐! 이 피에 절여 먹어도 시원찮을 놈들아!"

한편, 탁민호는 미칠 지경이었다. 아무리 올라가려고 애를 써도 몬스터들이 괴롭혀 대는 통에 올라가기가 힘들었다.

'20미터 지점까지 하강하면 여기가 붕괴된다고?'

스카일이 있기는 했지만 마냥 쉽지만은 않았다.

원거리 딜러들의 지원이 잠시 끊겼다. 말터의 공격 때문에 원거리 딜러들이 제대로 지원해 주지 못하고 있는 상황.

"윽."

네 발 제비에게 공격을 허용했다.

레벨 격차가 많이 나기 때문에 대미지를 많이 입지는 않았지만 거슬리는 건 사실이었다.

'신희현 플레이어는 도대체 무슨 생각을 하고 있는 거지.'

아무리 블링크와 마법으로 무장한 말터라 할지라도 신희현이라면 분명 묘수를 낼 수 있을 거라 생각했는데.

'방어에만 집중하고 있는 것 같다.'

방어에만 집중하고 있는 것처럼 보였다. 그래서 탁민호는 착각하고야 말았다.

'결국…… 이 모든 걸 내게 맡긴 건가?'

어깨가 갑자기 무거워졌다.

'신희현 플레이어는 저놈을 못 잡는 거라 단정하고 있는 거다!'

헛다리 제대로 짚었다.

'그래서 내게 맡기고 놈을 막고만 있는 거다. 최대한 피해를 줄이기 위해서.'

분명히 그렇다고 생각했다.

그가 생각해도 이게 최선의 방법이었다.

신희현이 아닌 자신이 아래에 있었다면 사망자가 엄청나게 많이 발생했을 거라고 생각했으니까.

'빛의 성웅이 나를 믿어주고 있는 거다……!'

빛의 성웅의 신임을 한 몸에 받고 있다는 생각이 들었다.

갑자기 의욕이 폭발했다.

'해낸다!'

해내고 만다. 그래서 자신을 믿어주고 있는 빛의 성웅에게 보답하고 싶었다.

'반드시 해낸다!'

김경수가 신희현에게 말했다.

"……놈이 너무 강합니다."

벌써 사망자가 넷이나 나왔다. 김경수도 탁민호랑 비슷하게 생각했다.

'빛의 성웅은 놈을 사냥할 생각이 없는 것 같다.'

그래서 시간을 끌고 그사이 탁민호가 천공을 클리어하는 방식을 취하고 있는 것이리라.

그런데 그때, 신희현이 움직였다.

'이럴 수가……!'

9장
지저의 천공을 정복한 위대한 자

많은 속성을 다룬다는 것은 분명 좋은 거다.

타 속성에 비해 유리한 상성을 가진 속성의 힘을 적시적소에 제대로 사용만 한다면 전투를 훨씬 좋은 방향으로 끌고 갈 수 있다.

하지만 신희현이 본 말터는 그 정도의 컨트롤 능력은 없었다.

'많은 속성의 힘을 사용할 수 있지만.'

그 속성의 힘을 제대로 끌어내지 못하고 있다.

'메스를 든다고 아무나 수술을 할 수는 없는 거지.'

외과의사가 사용하는 메스를 사용한다고 해서 누구나 외과의사가 될 수 있는 건 아니다.

신희현은 말터의 '맨손'에 주목했다.

다른 손들은 각기 속성을 가지고 있다.

플레이어들에게도 검을 사용하는 전투 클래스가 있다는 것을 감안하면 검을 든 손 역시 넓은 의미에서 하나의 속성이라 볼 수 있다.

다만, '맨손'은 조금 애매했다.

아주 사소하다면 사소한 거지만 길잡이인 신희현은 그걸 놓치지 않았다.

'놈의 맨손은……'

아까 놈이 맨손을 사용했었다. 그때 아주 잠깐이지만 몸에서 검은색 기류가 흘러나왔었다.

단서는 또 있었다.

'놈의 눈동자.'

아까 놈의 네 개의 눈동자가 각기 다른 색으로 몇 번인가 바뀌었었다.

각기 다른 색으로 충혈(?)되었을 때 신희현은 그 변화를 감지했다. 눈 색깔 변화는 놈의 속성을 암시하고 있다는 것을 말이다.

빨간색, 노란색, 붉은색, 은색, 그리고 검은색.

'결국 놈은 어둠 속성을 가지고 있다는 소리지.'

놈은 적시적소에 제대로 된 속성 활용법을 모른다. 그냥 마구잡이로 사용할 뿐.

그렇다면 언젠가 분명히 그 속성을 꺼내들 거다.

'기회는 한 번뿐이다.'

놈에게는 매우 성가신 기술이 있다.

절대 방어 영역을 선포하는 기술.

이때에는 공격이 아예 불가능하다. 마치 레벨 절대 룰에 의해 가로막힌 것처럼.

저 기술을 깨뜨리려면 저 방어 기술보다 더 상위 등급의 공격이 있어야 한다.

예를 들면 임페리얼 노블레스 등급의 수호신 라이나 정도의 공격 말이다.

놈이 어둠 속성을 꺼내들 때, 그때 공격을 가할 거다.

한 번도 해보지 않았던 시도를 해볼 거다.

정령왕 칸드와 피닉스를 동시에 운용할 거다.

당연히 지금 상태로는 어림도 없다.

'여기서 더 아낄 수는 없어.'

더 이상 아꼈다가는 정말로 똥이 되게 생겼다.

아까워도 사용할 때는 사용해야 한다.

퓨리어스를 마시기로 했다.

물론 그냥 마실 수는 없다. 보물과도 같은, 여벌의 목숨이라고까지 불리는 아이템이다. 허투루 소모할 수는 없는 법.

같은 아이템을 사용하더라도 누가 사용하느냐에 따라 그 효율이 극대화되기도 하고 쓸모없어지기도 한다.

'퓨리어스의 효용성을 극대화시킨다.'

그러기 위해 초감각을 사용했다.

[스킬, 초감각을 사용합니다.]

상대를 스캔하기 위해서가 아니었다. 스스로의 몸 상태를 체크하기 위해서였다.

'지금의 내 상태라면.'

정말 힘들기야 하겠지만 어쨌든 정령왕 칸드를 소환할 수는 있을 것 같았다.

딱 거기까지다.

소환할 수 있는 정도. 소환하자마자 역소환될 거다.

'피닉스는?'

모르겠다. 힘들 것 같기도 했다.

어쩌면 칸드를 소환하자마자 번 아웃 현상이 일어날 수도 있다.

'피닉스까지는 조금 힘들어. 일단 칸드에서 만족하기로 한다.'

힘들기는 하겠지만.

"칸드 소환."

에메랄드빛 바람이 불었다. 아까보다는 농도가 좀 옅었다.

'주인, 제정신인가? 요?'

어지러워졌다.

칸드가 신희현을 배려해 농도를 옅게 해서 망정이지 안 그

랬으면 당장 기절했을 것이다

신희현은 어지러운 가운데에도 의지를 불태웠다.

한 손에 준비하고 있던 퓨리어스를 지체 없이 마셨다.

[퓨리어스가 신체에 적용됩니다.]

[모든 상······.]

몸이 정상으로 돌아오는 것이 느껴졌다.

'이 기회를 날리면 안 돼.'

알림이 끝나기도 전에.

"피닉스 소환."

피닉스가 소환됐다.

[······태 이상이 치료됩니다.]

[모든 능력치가 정상화됩니다.]

[최상의 컨디션으로 회복됩니다.]

퓨리어스를 섭취하는 것에 있어서 최적의 타이밍을 선정
하여 칸드와 피닉스를 동시에 소환했다.

아직까지도 퓨리어스의 힘이 남아 있어서 칸드와 피닉스
를 유지하고 있는 것에 큰 무리가 오지 않았다.

"교감 커넥션."

교감으로 정령왕과 피닉스를 이었다.

신희현의 눈에는 지금 발작을 일으키고 있는, 그리고 검은색 기류를 피워 올리고 있는 말터가 보였다.

교감을 통해 말했다.

'기회는 한 번뿐이다.'

신희현의 다급함이 느껴졌는지 피닉스도 칸드도 별다른 말을 더하지 않았다.

'알겠다, 요.'

'알았어!'

정령왕 칸드는 '아니, 애완조 주제에 어떻게 계약자에게 그렇게 반말을 하는 거지? 내게도 비법을 알려줘'라고 말하고 싶었지만 상황이 상황인지라 다음 기회로 미루기로 했다.

지금은 피닉스가 주축이 되고 정령왕 칸드가 보조가 될 거다.

그때, 김경수의 목소리가 들려왔다.

"……놈이 너무 강합니다."

신희현은 현재 상황에 집중하느라 대답하지 못했다.

'놈이 빛 속성에 약한 시점에.'

지금 시점에 피닉스로 치명타를 입히고.

'놈의 절대 방어 영역이 선포되기 전에.'

그때 피닉스가 날아올랐다. 플레이어들은 눈이 부셔 눈을 가렸다.

신희현이 소환한 피닉스였기에 망정이지 몬스터 상태의 피닉스였다면 지금 플레이어들은 전부 눈이 멀어버렸을 거다.

과거, 대구를 날려 버렸던 스킬.

[스킬, 빛 폭발을 사용합니다.]

빛 폭발이 오로지 말터를 죽이기 위해 터져 나왔다.

'칸드, 바람 창.'

빛 폭발이 불어닥침과 동시에 칸드의 바람 창이 소용돌이를 일으키며 말터를 향해 날아들었다.

'목표는 두 머리다.'

심장을 노리면 좋겠지만 심장이 어디 있는지 모르겠다.

이럴 때엔 머리를 날려 버리는 게 제일 좋다. 어찌 됐든 놈은 인간형 몬스터니까.

말터의 비명성이 터져 나왔다.

"눈이! 눈이 안 보여! 안 보인다고! 괴로워! 괴로워! 이런 거 싫어! 싫단 말이얏!"

단순히 눈만 괴로운 게 아닐 터.

피닉스의 눈을 통해 확실히 보였다. 놈의 피부가 가루가되어 부스러지고 있었다. 어둠 속성에 '상극' 속성이 빛 속성 공격이 놈에게 유효적절하게 작용하고 있는 거다.

거기에 칸드의 바람 창이 두 머리를 동시에 꿰뚫어버렸다.

에메랄드빛 바람이 어느새 붉은색으로 변했다.

살점이 뜯겨져 나오고 그 살점이 어느새 바람에 갈려 미세한 입자로 변해 버렸다.

순식간에 머리가 날아가 버렸다.

김경수는 저도 모르게 탄식을 내뱉었다.

"아……."

아주 잠깐이지만 신희현이 레이드를 포기한 줄 알았다. 탁민호에게 모든 희망을 걸고 있는 것처럼 보였었다.

그러나 그건 착각이었다.

'저렇게 커다란 기술들을 한꺼번에 운용할 수 있다고?'

이건 아무래도 말이 안 됐다.

불사신의 체력을 가지고 있다고 해도, 아니, 불사신 할아버지라도 이건 말이 안 되는 거다.

그건 비단 김경수만 그렇게 생각하는 게 아니었다.

아까도 굉장히 커다란 기술을 사용했었다.

모르긴 몰라도 필살기 수준의 공격이었다.

그 정도 공격을 하고 나면 지쳐서 쓰러지는 것이 당연한 거다. 그런데 거기에 더해 빛 폭발과 바람 창까지 사용했다.

물론 신희현 본신 능력은 아니다.

이른바 '템빨'.

퓨리어스라는 아이템을 사용하여 타이밍을 적절히 조율하여 최상의 효과를 나타낸 것뿐이다.

플레이어들은 앞을 주시했다.

"……."

아무 말도 못했다.

빛과 바람이 한데 엉켜 보스 몹을 향해 날아드는 모습은 경이롭다 못해 장엄하기까지 했다.

"말터의 목이……."

"……날아갔어."

몸뚱이만 남았다. 여섯 개의 팔과 두 개의 다리가 목적 잃고 이리저리 움직이는 모습이 보였다.

"……끝난 건가?"

"정말 끝인가?"

겨우 공격 한 방에?

아무리 빛의 성웅이라도 그건 불가능하지 않을까?

그렇게들 생각했다.

신희현 역시 긴장을 놓지는 않고 있다.

'크리티컬 샷이 떴다.'

3콤보가 떴고 치명타를 가했다. 그럼에도 불구하고 말터를 사냥했다는 알림은 들려오지 않았다.

이럴 때 방심하면 큰일 난다.

'체력도 급속도로 떨어지고 있고.'

칸드와 피닉스, 둘 중에 하나는 포기해야 할 것 같다.

'놈은 아직도 검은색 기류를 피워 올리고 있다.'

그렇다면 지금은 마력 소모가 더 큰 칸드를 돌려보내고 피닉스만 운용하는 것이 훨씬 나을 터.

'절대 방어 영역이 선포되기 전에 죽여 버려야 한다.'

칸드를 역소환시킨 대신 라비트를 재소환했다.

그런데.

"아파! 아프다고! 젠장! 젠장! 너무 아파!"

머리를 잃은 말터가 소리쳤다.

어디로 어떻게 소리를 내는 건지는 모르겠지만 하여튼 목소리가 흘러나왔다.

"저주할 거야. 죽여 버릴 거라고! 산 채로 피에 절여 먹어 버릴 거야!"

머리를 잃은 놈의 몸이 신희현을 향해 달려들었다.

그리고 눈앞에서 사라졌다.

도망칠 때에만 사용했던 블링크를 지금 다시 사용한 거다.

아주 잠깐, 0.5초도 안 되는 그 짧은 사이에 신희현의 바로 앞에 말터가 모습을 드러냈다.

그와 동시에.

푸욱!

소리가 들려왔다.

라비트가 말했다.

"아까도 통하지 않았던 방법이오!"

라비트가 말터의 왼쪽 가슴을 찌른 거다. 마치 블링크를 예상하고 있기라도 한 듯.

신희현은 저도 모르게 침을 꿀꺽 삼켰다.

'위험…… 했다.'

라비트가 심장을 찔러서 멈추지 않았다면.

'어쩌면 내 머리가 박살 났을지도 모르겠어.'

말터의 주먹이 귓가에 닿을락말락한 상태다.

길잡이인 신희현으로서는 피할 수도, 아니, 볼 수조차 없었던 공격이었다.

엘렌도 적잖이 놀란 상태다.

'정말 위험한 상황이었다.'

이런 상황, 처음 본다.

신희현이 사기를 치는 게 아니라 정말로 위험한 상황에 처하는 거.

신희현을 오랫동안 보아온 엘렌이라서 확실히 안다.

'피하지 못하셨다.'

그런데 엘렌 말고 다른 플레이어들이 보기에는 전혀 다른 상황이었다.

'여, 역시 빛의 성웅……!'

그들은 이미 콩깍지(?)가 완전히 씐 상태다.

뭘 해도 멋있다.

그 멋있음을 더해주는 더 멋진 알림까지 들려왔다.

[보스 몬스터, 말터를 사냥했습니다.]

말터의 몸이 허물어졌다.

얼마나 멋진가.

'일부러 피하지 않았다!'

라비트를 내세워 심장을 찌르고 빛의 성웅은 미동조차 하지 않았다.

마치 네놈 따위의 공격은 내게 닿을 수 없다!

이렇게 말하는 것처럼 말이다.

실상은 신희현도 제대로 반응하지 못해 피하지 못한 것이지만, 어쨌든 플레이어들이 보기에는 상 남자 중 상 남자였다.

그 상 남자는 지금 말터의 몸이 허물어지고 있는 걸 터프하게(?) 구경 중이고.

드라마나 영화 속에서나 볼 수 있는 장면 아니던가.

"와아―!!!"

"잡았다! 드디어 잡았다고!"

말터 사냥이 끝났다. 말터의 몸이 허물어졌고 사냥되었다는 알림까지 들려왔다.

그들 입장에서는 거의 무임승차였다. 말터를 잡는 건 거의 신희현 혼자서 한 거나 다름없었으니까.

이미 신희현과의 플레이 경험이 있어서 놀라운 보상에 대한 면역이 있는 김경수도 주먹을 불끈 쥐었다. 이번에는 정말로 기대가 됐다.

'저런 말도 안 되는 몬스터를 사냥했다.'

어쩌면 저 몬스터는 애초에 사냥이 불가능했던 몬스터일 수도 있었다.

그런데 어이없게도 사냥에 성공했다.

물론 보상이 신희현에게 집중될 것은 당연하지만 그 옆에 있어서 얻게 되는 부스러기 보상도 엄청날 것이 틀림없었다.

'부스러기라도 주워 먹으면 대박이지!'

이윽고 알림이 들려왔다.

김경수는 하마터면 다리가 풀려 주저앉을 뻔했다.

예상하지 못했던, 아니, 생각조차 하기 싫었던 알림이 이어졌기 때문이다.

"마, 말도 안 돼⋯⋯!"

[다음 보스 몬스터가 생성됩니다.]

[말터 사냥에 대한 보상은 '지저의 천공' 클리어가 완료된 뒤 주어집니다.]

신희현도 황당했다. 아니, 황당함을 넘어서서 두렵기까지 했다.

'체력도 바닥.'

지금 지나친 체력 소모로 인해 다리가 떨리고 있다.

제대로 서 있기도 힘든데 다음 보스 몬스터라고?

신희현도 이런 경우는 처음 본다. 보스 몬스터를 잡았는데 또 그다음 보스 몬스터가 있다니.

'젠장.'

입술을 깨물었다.

'방법이 있을 거다.'

그때 하늘에서 뭔가가 투두둑 떨어져 내렸다 네 발 제비를 비롯하여 탁민호의 전진을 방해하고 있는 몬스터들이었다.

'빛 폭발 때문이다.'

아까 빛 폭발의 여파 때문에 중심을 잃고 날아다니던 놈들이 벽에 머리를 부딪혀 떨어져 내리고 있는 거다.

[다음 보스 몬스터 생성까지 30초의 시간이 주어집니다.]

다음 보스 몬스터. 어떤 놈이 나올지는 모르겠다. 그래도 통상적으로 앞에 나왔던 몬스터보다는 강한 놈이 나올 확률이 높았다.

'30초.'

체력을 체크했다.

아슬아슬하겠어.

'그래도.'

다행히 탁민호를 방해하고 있는 저놈들은 약한 몬스터들

이다. 그리고 군집을 이루고 있다.

'가능은 할 것 같다.'

명령을 내렸다. 다행히 이곳에는 실력 좋은 얼음계 마법사가 둘이나 있다.

미치광이 학살자와 마녀, 그 둘의 실력이면 커다란 도움이 될 거다.

"얼음계, 대미지는 상관없으니까 연사가 가능한 공격을 퍼부어."

강하나와 변도현이 나섰다. 신희현이 지금 무엇을 주문하는지 본능적으로 체감했다.

신희현이 자세한 명령을 내리지도 않았는데.

"아이스 애로우!"

"아이스 애로우!"

둘은 같은 판단을 내렸다.

강하나는 또 남자의 센스에 놀라야 했다.

'미치광이 학살자 말고 저런 놈이 또 어디서 튀어나온 거야?'

마치 빛의 성웅의 의도를 정확하게 읽기라도 한 듯, 빛의 성웅과 이미 클리어 경험이 있는 것처럼 행동하고 있지 않은가.

자신과 판단이 완전히 일치했다.

'무리에서 떨어져 나온 놈들에 집중한다……!'

얼음계 마법사들은 수계 마법사들과 많은 특성을 공유한다.

그중 하나가 바로 어지간해서는 지치지 않는다는 거다.

다시 말해 얼음 혹은 물 관련 마법은 마력 소모가 다른 마법에 비해 상당히 적다. 그리고 바람 계열 마법만큼은 아니지만 연사 속도가 빠르다.

특히나 아이스 애로우처럼 기초 마법의 경우, 강하나와 변도현쯤 되면 캐스팅 없이, 쿨타임 없이 사용할 수 있다.

"아이스 애로우!"

"아이스 애로우!"

강하나와 변도현은 마치 교감 커넥션으로 이어진 것처럼 서로 다른 개체들을 공격하며 콤보를 쌓아갔다.

신희현은 씨익 웃었다.

'저 둘.'

확실히 성장해 있었다. 과거의 마녀, 과거의 미치광이 학살자보다 더 강해져 있다.

'그렇다면 나는.'

이제 남은 시간은 20초.

땅에서 하늘로 얼음 화살이 뿜어지다시피 솟구치고.

'군집을 이룬 놈들은 내가.'

루시아를 소환했다. 교감을 통해 명령을 내렸다.

'루시아, 인피니티 버닝 샷.'

'알겠습니다, 오빠. 오빠의 명령을 받듭니다.'

루시아는 이 순간에도 오빠라는 호칭을 포기하지 않고서

신희현의 명령을 이행했다.

[스킬, 인피니티 버닝 샷을 사용합니다.]

소리 없는 얼음계 마법과는 사뭇 다른 소리가 터져 나왔다.

콰과광!

폭발음이었다. 폭발력을 가진 총탄. 거기에 더해 얼음계 마법보다도 훨씬 빠른 속도의 연사.

탕! 탕! 탕! 탕!

총성이 끊임없이 터져 나온 뒤, 어김없이 폭발음이 터져 나왔다.

"아이스 애로우!"

"아이스 애로우!"

신희현은 끊임없이 전장의 상황을 파악하면서 자신의 몸을 체크했다.

'마력 회복 속도가 생각보다 빠르다.'

상대적으로 마력 소모가 적은 소환 영령인 루시아를 사용하면서 일부러 대단위 군집이 모여 있는 곳만을 골라 공격하고 있다.

무리에서 떨어져 나온 놈들은 변도현과 강하나가 처리하고 있다.

[다음 보스 몬스터 생성까지 15초의 시간이 주어집니다.]

이제 15초 남았다.

탁민호는 이를 악물었다.

'내가 올라가야 한다.'

그도 알림을 들었다.

15초 뒤면 새로운 보스 몬스터가 나온단다.

저만치 앞, 몬스터들에 가려져서 보였다 안 보였다를 반복하고 있는데, 대략적으로 거리는 15미터쯤 된다. 산술적인 계산을 하자면.

'1초에 1미터는 올라가야 한다.'

가능할까?

'가능하게 만들어야 한다.'

지금 플레이어들의 원조를 받고 있다.

'운신이 상당히 편해졌어.'

빛의 성웅과 두 명의 얼음계 마법사는 정말 커다란 도움이 되었다.

자신이 앞으로 나갈 길을 이미 알고 있기라도 한 듯, 길을 뚫어줬다.

신희현이 다시 명령을 내렸다. 대략적인 길은 뚫었다. 이제 정교함보다는 파괴력이 필요한 시점이다.

"원거리 딜러, 놈들을 최대한 공격!"

김경수가 외쳤다.

"죽이는 데 집중하는 게 아닙니다. 놈들을 최대한 방해하고 떨어뜨릴 정도면 충분합니다."

지금은 놈들을 죽이는 데 집중할 때가 아니다. 커다란 한 방 공격이 아니라 최소한의 공격력으로, 대신 최대한 빠른 공격을 통해 탁민호에게 길을 뚫어주는 것이 중요했다.

[다음 보스 몬스터 생성까지 10초의 시간이 주어집니다.]

남은 시간은 이제 10초.

탁민호가 왼손에 든 단도를 휘둘렀다.

"저리 꺼져!"

네 발 제비 한 마리의 날개를 잘라 버렸다.

그사이 다른 놈들이 탁민호의 피부를 물어뜯었다. 발톱으로 할퀴기도 했다. 대미지가 쌓이고 쌓여서 어느덧 탁민호는 상처투성이였다.

'젠장.'

겨우 10미터 남짓한 거리가 왜 이렇게 멀게 느껴지는 건지.

'저놈이 너무 거슬린다.'

코끼리 독수리.

산성 독을 뿜어내는 저놈의 공격은 조심해야 했다.

그때 강하나가 신희현의 명령 없이 자율적으로 판단한 공격을 시도했다.

"아이스 스피어!"

"아이스 스피어!"

그런데 마치 짜기라도 한 듯 변도현 역시 똑같은 공격을 사용했다.

아이스 애로우보다 상위 단계의 마법이다. 당연히 공격력도 더 강하다.

두 자루의 얼음 창이 탁민호를 향해 날아드는 코끼리 독수리의 몸을 교차로 꿰뚫었다.

탁민호가 하늘을 향해 껑충 뛰어올랐다.

'나이스!'

지원이 굉장히 좋았다. 앞으로 남은 거리는 약 8미터.

[다음 보스 몬스터 생성까지 5초의 시간이 주어집니다.]

그런데 시간이 부족할 것 같았다. 신희현 역시 그걸 느꼈다.

'아니, 괜찮아.'

괜찮다. 탁민호라면 해낼 수 있다.

[다음 보스 몬스터 생성까지 3초의 시간이 주어집니다.]

탁민호에게 남은 거리는 이제 약 5미터 정도.

지저의 천공에 다가가면 다가갈수록 몬스터가 많아졌다. 굉장히 많은 놈들이 탁민호의 진출을 방해했다.

[다음 보스 몬스터 생성까지 1초의 시간이 주어집니다.]

시간이 다했다. 탁민호는 입술을 깨물었다.

'젠장.'

[보스 몬스터가 생성됩니다.]

젠장, 젠장, 젠장.

탁민호는 다시 한번 박차고 오르려고 했으나 실패했다.

놈들이 워낙 집요하게 방해를 해댔다. 보스 몹이 어떤 놈이 나타날지는 모르겠다.

'몇 초만 더 버텨줘.'

조금만 더 가면 된다. 그사이 피해가 얼마나 발생할지는 모르겠지만, 조금만 버티면 올라갈 수 있다.

김경수가 외쳤다.

"조심햇! 원거리 공격이다!"

김경수를 비롯한 헤라클레스의 탱커진이 방패를 앞세우고 저마다의 스킬을 사용했다.

레이저포와 비슷한 원거리 공격이 날아들었기 때문이다.

김경수가 빠른 판단을 내렸고 탱커들이 빠르게 움직인 덕분에 사망자는 없었다.

다만, 탱커 하나가 번 아웃 되어버렸다. 단 한 번의 공격에 말이다.

"빛의 성웅, 어떻게 해야 합니까?"

신희현도 이제는 더 이상 싸울 여력이 없었다. 하지만 씨익 웃었다.

"가만히 있으면 됩니다."

"그게…… 무슨?"

그때 알림음이 들려왔다.

[시간이 지체되었습니다. 천공이 하강합니다.]
[천공이 20미터 지점까지 접근하면 지저의 천공은 붕괴됩니다.]

그와 동시에.

"됐다!"

탁민호가 '지저의 천공'을 통과했다.

[축하합니다!]
[지저의 천공을 클리어하였습니다.]
[보상의 방으로 이동합니다.]

각 관문마다 보상을 따로 주는 메인 던전 아탄티아.

신희현은 이제야 긴장이 풀려 주저앉았다.

"신희현 플레이어, 괜찮습니까?"

"어…… 아니, 안 괜찮은 것 같아. 기 빨려 죽을 것 같은 느낌이야."

정말로 그랬다. 지금은 숨 쉬기도 힘든 기분이다. 온몸의 수분이 바짝 말라 버린 것 같은 기분이랄까.

다른 플레이어들 역시 보상의 방으로 이동됐다.

그리고 놀라운 알림을 들을 수 있었다.

[노블레스 등급 클리어로 인정됩니다.]

여기까지만 해도 놀라운데.

[보스 몬스터 말터 사냥이 인정됩니다.]
[지저의 천공 클리어 등급이 상향 조정됩니다.]

보스 몬스터 말터를 잡은 덕분에 등급이 하나 올라갔다.

[레벨이 올랐습니다.]
[레벨이 올랐습니다.]
[레벨이 올랐습니다.]

레벨이 올랐고.

[프리미엄 노블레스 등급 클리어의 보상을 산정합니다.]

각자의 공헌도에 맞는 보상들이 주어졌다.

신희현도 허허 웃고 말았다.

'프리미엄 노블레스 클리어라니.'

일반 노블레스도 아니고 말이다. 게다가 수백 명이 함께했
는데도 이런 클리어 등급이 나왔다.

'말터 놈이 확실히 강력한 놈이긴 한가 보군.'

신희현 역시 퓨리어스와 소환사의 비술, 그리고 '허무의
들판을 다스리는 자' 칭호 효과에 더해 정령왕, 피닉스가 없
었다면 아마 잡지 못했을지도 모를 일이다.

'놈을…… 죽였다.'

가슴속에 맺힌 응어리가 풀어지는 기분이었다. 강민영을
찢어 죽였던 놈의 최후치고는 너무 자비롭기는 했지만 그래
도 조금은 후련해졌다.

그때, 신희현에게 특별한 알림이 들려왔다.

['지저의 천공을 정복한 위대한 자' 칭호를 획득합니다.]

허무의 들판과 마찬가지였다.

'내가 몰랐던 칭호들이……'

그것들이 생기고 있다.

칭호가 상향 조정되어 적용되고 있는 거다. 자신에게 말이다.

앞선 '허무의 들판을 다스리는 자'의 칭호 효과를 톡톡히 봤다.

올 스킬 리듀스의 효과를 증폭시켜 주지 않았던가.

'게다가 아탄티아 군주 자격을 획득할 수 있다고 했지.'

자세한 건 확인을 해봐야 알 터.

그런데 알림이 이어졌다.

['고대 히든 던전 프리패스'가 발급됩니다.]

[고대 히든 던전 프리패스는 단 1회에 한하여 사용할 수 있습니다.]

이번에도.

'내가 모르는 보상이다.'

프리미엄 노블레스 등급 클리어도 예상하지 못했고 이런 보상도 예상하지 못했다.

평화의 섬 이후로 뭔가 모든 것이 예상을 벗어나서 움직이고 있다.

자신이 보지 못했던 더 커다란 줄기의 강이 흐르고 있는 것 같은 기분이 들었다.

'고대 히든 던전.'

그게 더 있단 말인가.

'아탄티아의 군주, 그리고 고대 히든 던전. 무슨 연관이 있는 거지?'

지금 그것만 궁금한 게 아니었다.

'그렇다면 히든 피스는?'

허무의 들판에서 '히든 피스'를 얻었다.

그의 예상대로라면 아마도 이곳 어딘가에도 히든 피스가 숨겨져 있을 텐데.

아탄티아의 군주, 히든 던전, 그리고 히든 피스.

어떤 식으로든 연관이 있을 거라는 생각이 들었다.

'일단은…… 칭호 효과를 확인한다.'

당장은 알 수 없었다. 히든 피스도 어디에 숨겨져 있는지 알 수 없었고. 보상의 방 어딘가에 숨겨져 있을 리는 없지 않은가.

〈지저의 천공을 정복한 위대한 자〉

지저의 천공을 정복한 위대한 플레이어에게 주어지는 칭호.

효과:

　(1) 특정 스킬의 제약 해제(일회성)

허무의 들판을 다스리는 자와 비슷한 양상을 보이는 효과였다.

'특정 스킬의 제약을 해제한다?'

엘렌이 물었다.

"바로 사용하시겠습니까?"

"그래."

"어떤 스킬에 적용하시겠습니까?"

답은 정해져 있었다.

10장
성군의 증표

신희현은 오래 생각할 것도 없이 '지저의 천공을 정복한 위대한 자' 효과를 '소환사의 비술'에 적용하려고 했다.

[칭호 효과를 소환사의 비술에 사용하시겠습니까?]
[소환사의 비술의 1일 1회 제약이 사라집니다. 계속하시겠습니까?]

그런데 문득 생각이 들었다.
'잠깐.'
엘렌에게 물었다.
"근데 이거…… 칭호 효과 적용에 시간제한이 있나?"
"없습니다. 신희현 플레이어는 조금 더 여유를 가지고 확인하셔도 될 것 같습니다."

"그렇다면 잠시 보류하겠어."

일단 보류하기로 했다. 지저의 천공에서 주어진 '히든 피스'의 효과가 아까 '허무의 들판'의 히든 피스의 효과와 비슷하다면.

'그렇다면……'

잠시 기다리는 게 좋겠어.

그렇게 생각했다. 허무의 들판에서 주어진 히든 피스가 칭호 효과를 한 등급 업그레이드시켜 주지 않았던가.

"엘렌, 히든 피스에 대한 정보는 아예 없는 거지?"

"……죄송합니다. 아는 바가 없습니다."

"죄송할 것까진 없어. 그래서 히든 피스니까."

그 키는 탁민호에게 있을 거라고 생각하는 중이다.

지저의 천공을 직접 클리어하지 않았는가.

게다가 허무의 들판에 있는 히든 피스도 탁민호가 발견했었다.

[지저의 천공을 탈출합니다.]
[각 플레이어는 아호, 탄호, 티호, 아호에 탑승하게 됩니다.]

배에 남아서 기다리고 있던 플레이어들이 지저의 천공을 클리어하고 돌아온 플레이어들의 무사 귀환을 축하했다.

모두 기뻐한 건 아니었다.

"기성이가……."

"…….."

피해가 크지는 않았지만 몇몇 플레이어가 죽었다. 그 지인들은 마냥 기뻐할 수는 없었다. 잠시, 엄숙한 분위기가 이어졌다.

신희현이 탁민호를 불렀다.

"탁민호 씨."

"……예?"

신희현은 탁민호의 얼굴을 유심히 살폈다.

입가가 아주 미세하게 꿈틀거리고 있었다. 이건 정말 자세히 보지 않으면 보이지 않을 정도로 미세한 움직임이었다.

'뭔가 있네.'

과거의 탁민호도 그랬다. 뭔가 숨길 때 저런 표정이 나오곤 했다. 본인도 잘 모르고 있겠지만.

"다 알고 있습니다."

"……예?"

영체화 상태의 엘렌은 고개를 갸웃했다.

신희현 플레이어가 또 얼마나 획기적인 사기를 치고 있는 것인가!

"히든 피스."

"……예?"

탁민호는 안 그래도 이것을 말해야 하나, 말하지 말아야 하나 고민하고 있었다.

히든 피스. 어디에 어떻게 쓰이는지는 모르겠다. 그래서 이걸 빛의 성웅에게 말을 하느냐 마느냐 고민했다.

말을 하는 순간 왠지 빛의 성웅에게 넘겨야 할 것 같은 기분이 팍팍 들었으니까.

"지저의 천공을 클리어한 장본인인 탁민호 씨에게 히든 피스가 주어졌을 텐데요."

"……."

신희현의 눈이 가늘어졌다.

그래, 맞구나? 근데 그렇게 지금 망설이고 있는 거 보니까 그게 어떤 효과를 가지고 있는지 모르고 있는 거구나? 왜 그럴까? 나는 그 이유를 알고 있어.

'소유권이 없기 때문에 정보 열람이 불가능한 거지.'

탁민호가 물었다.

"역시 모두 알고 계셨군요."

"허무의 들판에서도 줬는데 지저의 천공에서 주지 않을 리 없잖아요. 무엇보다도……."

"예지력을 사용해 확인하셨군요."

탁민호는 고개를 끄덕였다. 빛의 성웅이라면 그럴 수 있다고 생각했다.

"……."

신희현은 순간 아무런 말도 하지 못했다.

아, 내게는 예지력이라는 게 있었지? 맞아, 그랬어.

결국 탁민호는 솔직하게 얘기를 털어놨다.

"히든 피스를 얻기는 얻었는데 어디에 어떻게 쓰는 것인지 몰라……."

그래요. 당신에게는 지금 소유권이 없죠. 소유권이 없다면 그건 무용지물입니다.

"그걸 저에게 넘기면 됩니다."

"……예?"

신희현의 머리는 이미 계산을 전부 끝내놨다.

"획득은 했는데……."

마치, 나는 전부 다 알고 있다. 내게는 지극히 당연하고 아주 평범한 거다. 이렇게 주장하는 것 같은 표정으로 말했다.

"소유권이 인정되지 않았겠죠."

"……그것까지 아셨습니까?"

"소유권 인정을 어떻게 받는지 몰라서 일단 가지고 있으려한 것이고요. 경험치를 상당히 많이 주거든요."

엘렌은 거기서 완전히 확신했다.

'저분이 또……!'

날개가 살랑살랑 흔들렸다.

'경험치를 주는 히든 피스라고 말씀하셨다……!'

히든 피스는 겨우 그런 게 아니었다. 칭호 효과를 업그레이드해 주지 않았던가. 역시 빛의 사기꾼이었다.

'걸리십시오……!'

그러다가 엘렌은 화들짝 놀랐다.

스스로 이상한 길, 금단의 길, 마의 길로 빠져든 것 같은 요상한 기분이 들었다.

황급히 주위를 둘러봤다. 다행히 자신의 추태(?)를 본 사람은 아무도 없었다.

그녀는 스스로에게 되뇌었다.

'자중합니다, 엘렌.'

한편 탁민호는 두 손 두 발 다 들었다.

역시 빛의 성웅은 빛의 성웅이었다. 뭔가를 숨긴다는 건 불가능해 보였다.

'역시…… 예지력이란…….'

물론 탁민호는 지금 속고 있는 거다.

예지력 같은 게 아니고 아까 히든 피스를 얻었을 때의 경험을 토대로 유추했을 뿐이다.

단순히 유추한 거긴 한데, 그 유추에는 허세가 잔뜩 들어갔다.

전부 알고 있다.

이런 허세 말이다.

그 허세가 적중했고.

"결론부터 말씀드리자면 소유권 인정은 불가능합니다. 소유권 인정이 불가능하면…… 그건 그냥 돌이라는 거죠."

"……."

탁민호의 입장에서 빛의 성웅이 자신에게 거짓말을 할 리는 없었다.

1,000억을 가진 자산가가 10만 원 가진 학생의 용돈을 빼앗지는 않을 것이다…… 라는 것이 현재 탁민호의 생각이었다.

심지어 그 자산가가 성웅쯤 된다면.

'혹시…… 이것이…….'

그리고 좀 더 착각했다.

"이것이 전체 던전 클리어에 굉장히 중요한 역할을 하는 것입니까?"

"그렇습니다. 더 적은 피해로 클리어를 할 수 있도록 도와줄 것입니다."

뭐, 증명은 할 수 없겠지만.

뭐가 어찌 됐든 잘 클리어한 다음에 '이것 덕분이었습니다' 하면 되는 것 아니겠는가.

"그걸 그냥 넘기라고는 하지 않습니다. 어쨌든 저에게 주어진 아이템은 아니니까요. 보상은 충분히 하겠습니다. 코인이면 코인, 아이템이면 아이템, 현금도 괜찮고요."

"……."

히든 피스는 현금 10억에 팔기로 했다.

원래 탁민호는 '아닙니다. 대의를 위해서인데. 제가 어찌 돈을 받겠습니까?'라고 겸양을 떨었지만 신희현이 억지로 주겠다고 말했다.

하여튼 신희현은 히든 피스를 또 얻을 수 있었다.

['히든 피스–지저의 천공'을 획득하였습니다.]
[히든 피스–지저의 천공의 소유권이 인정됩니다.]

〈히든 피스–지저의 천공〉

지저의 천공을 클리어하는 데 혁혁한 공을 세운 플레이어에게 주어지는 숨겨진 조각. 지저의 천공을 클리어했다는 증표.

효과 :

   (1) 지저의 천공과 관련한 칭호 업그레이드

   (2) 확인 불가(히든 보드 필요)

허무의 들판 때와 똑같았다.

'확실히 똑같다.'

그렇다면 과거에는 어땠을까? 한 명이 이 보상을 독식했을까?

아니라고 생각했다. 최상위급 플레이어 몇 명이 이것을 나눠 가졌을 확률이 높다.

'그리고 세간에는 얘기가 전혀 떠돌지 않았었지.'

그렇다는 말은 아무도 이것을 얘기하지 않았다는 소리다.

거기서 신희현은 윤곽을 좀 더 잡을 수 있었다.

'굵직한 던전들은 이후의 던전을 대비하는 아이템을 준다.'

만약 한 명의 뛰어난 플레이어가 그걸 전부 가지고 있다면.

'그러면 다음 던전 클리어가 훨씬 쉬워지지.'

그러나 과거에는 그러지 못했었다. 신희현 같은 플레이어 가 없었으니까.

강유석은 8년 후에나 갑자기 모습을 드러내 활약했던 폭군이었고.

'어쩌면 히든 피스 역시.'

히든 피스를 한 플레이어가 가지고 있다면 다음 관문을 대비할 수 있는 어떤 특별한 효과를 줄 수도 있을 거라고 생각했다.

'2번 효과를 확인하려면 히든 보드가 있어야겠어.'

알림이 들려왔다. 신희현이 기다리고 있던 알림이었다.

['지저의 천공을 정복한 위대한 자' 칭호가 회수됩니다.]

['지저의 천공을 다스리는 자' 칭호가 주어집니다.]

히든 피스의 효과가 적용된 것이다.

〈지저의 천공을 다스리는 자〉

지저의 천공을 정복한 위대한 군주에게 주어지는 칭호.

효과 :

　(1) 특정 스킬의 제약 해제(2회 사용 가능)

　(2) 아탄티아 군주 자격 획득

신희현은 기분이 좋아져서 씨익 웃었다.

지금 당장 (2)번 효과, 그러니까 아탄티아의 군주 자격을 획득했다는 것엔 별로 감흥이 없다. 그게 뭔지 잘 모르니까.

그보다 특정 스킬의 제약 해제가 1회에서 2회로 증가했다.

"신희현 플레이어, 기뻐 보이십니다."

"어, 맞아."

칭호 효과를 바로 적용했다.

[칭호 효과를 소환사의 비술에 사용하시겠습니까?]

[소환사의 비술의 1일 1회 제약이 사라집니다. 계속하시겠습니까?]

소환사의 비술에 대한 제약을 없애 버렸다.

이제부터는 소환할 때, 마력 소모가 0이다. 그 어떤 소환 영령을 소환하든지 말이다.

필요한 때에는 역소환시키고 바로 재소환을 반복하는 것도 가능해졌다. 마치, 말터가 블링크를 사용해 공격들을 피해냈던 것처럼 말이다.

'좋다.'

소환사의 비술에 대한 제약을 없애 버리고 남은 1회의 효과는 적용을 미루기로 했다.

지저의 천공 클리어가 완전히 마무리 된 셈이다.

그리고 신희현이 탁민호에게 말했다.

"탁민호 씨."

얘기를 시작했다.

"……에, 에이? 농담이시죠?"

"진짜입니다."

캡틴의 말이 들려왔다.

"두 번이나 연속해서 항해에 성공한 녀석들이 있더라구."

캡틴은 히히히 웃더니.

"그렇다면 내 배에서 이제 나가도 좋아. 너희들의 용기는 충분히 잘 봤다!"

탁민호는 울고 싶어졌다.

'제, 젠장.'

뭔가 잘못되어 가고 있는 느낌이 들었다.

신희현이 공표했다.

"저와 탁민호 플레이어는 이곳에서 탈출합니다."

플레이어들은 잠시 자신의 귀를 의심해야만 했다.

설마, 빛의 성웅이 우릴 여기에 전부 묻어버리려는 심산인가.

그런 생각이 들었다.

"하지만 저는 곧 다시 입장합니다."

"……."

"한 명의 플레이어는 한 번의 플레이에 두 번의 관문까지 참여합니다. 재입장을 했을 때에도 똑같이 적용됩니다."

"……아!"

역시 빛의 성웅이었다.

신희현은 크흠 헛기침을 했다.

아니, 역시 이런 건 내 취향이 아닌데. 팔자에도 없는 성웅 노릇하는 거.

스스로도 오그라들어 죽겠지만 하여튼 하기는 해야 했다. 분명 성웅의 증표에 긍정적인 영향을 끼칠 수 있을 거다.

"저는 대의를 위해서, 플레이어들의 희생을 최소화하기 위하여, 조국과 민족의 안녕을 위하여 제 몸 하나를 불사르는 것을 힘겹게 생각하지 않습니다."

"……."

플레이어들은 조용해졌다. 역시 빛의 성웅이었다. 그는 성웅답게 행동하고 있었다.

"여러분 앞에서 엄숙히 맹세합니다. 저는 6시간 이내에 바로 이곳에 돌아올 것이며 다음 관문인 심연의 바다에 반드시 참여할 겁니다. 여러분 한 명, 한 명의 목숨을 결코 가볍게 여기지 않겠습니다. 단 한 명의 생명이라도 더 살리려 애쓸 겁니다."

엘렌은 시키지도 않았는데 알아서 하늘로 떠올랐다. 성스러운 빛을 흩뿌리며 괜히 날개 6장을 활짝 펼쳤다. 마치 저분이 정말로 빛의 성웅이라고 주장하는 것처럼 말이다.

"빛의 성웅께서는 성웅으로서의 행보를 이어 나가실 것입니다."

엘렌의 성스러운 자태에 반한 플레이어들은 고개를 끄덕였다.

역시 빛의 성웅이었다.

그렇다. 성웅이 도망칠 리 없지 않은가!

강민영은 괜히 몸을 배배 꼬았다.

지금 저게 연기라는 것도 대충 알고 있다.

신희현은 사람들이 아는 것처럼 엄청난 성웅이 아니다. 하지만 한 가지는 확실하다.

'역시 우리 오빠야.'

그건 신희현이 너무나 멋있다는 거다. 적어도 강민영의 눈에는 말이다.

이 많은 최상급 플레이어 앞에 나서서 이 무리를 인도하는 남자.

하기야 신희현이 뭘 하든 멋있게 볼 테지만.

강민영의 심장이 콩닥콩닥 뛰었다.

'역시 멋있어.'

신희현이 똥만 싸도 '카리스마 넘쳐!'라고 생각할 법한 강민영은 저도 모르게 헤헤- 웃고 말았다.

신희아는 옆에 있다가 환청을 들은 것 같은 기분이 들었다.

'우리 오빠 최고!'

이런 환청 말이다.

한편, 신희현에게 알림이 들려왔다. 연기가 빛을 발한 모양이다.

[성웅의 증표에 긍정적인 영향을 끼칩니다.]

그런데, 예상치 못했던 알림까지 이어졌다.

[성웅의 증표가 업그레이드됩니다.]

'성군의 증표?'

성웅의 증표가 업그레이드되어 성군의 증표가 되었다.

원래 그가 가지고 있던 증표는 '성웅의 증표 +3'이었다.

이제는 '+' 개념이 아니라 등급 자체가 업그레이드되었다는 소리다.

'저게 업그레이드되다니.'

성웅의 증표에 긍정적인 영향을 끼친다는 알림은 수시로

계속 듣고 있지만 이렇게 등급 자체가 업그레이드될 줄이야.

원래 성웅의 증표 +3의 효과는 다음과 같았다.

〈성웅의 증표 +3〉

성웅의 길을 스스로 선택한 자에게 주어지는 숙명의 증표.

효과:

　(1) 솔로 플레잉 시 경험치 50프로 상시 추가 획득

　(2) 파티 결성 시, 파티원 전체 경험치 30프로 추가 획득

　(3) 영웅급 수호신과의 계약 진행

그런데 성군의 증표가 마냥 좋은 것 같지는 않았다.

〈성군의 증표〉

성웅의 자질을 증명하여 성군으로 발돋움할 수 있는 자격을 갖춘 왕의 증표.

효과:

　(1) 수호신과의 친밀도 향상

　(2) 노블레스 수호신과의 계약 진행

신희현은 순간 인상을 찡그렸다.

'젠장.'

분명 업그레이드인데, 다운그레이드된 것 같은 기분이 들

었다.

안 그래도 지금 레벨 업이 안 되는 마당에 추가 경험치 보상이 사라져 버렸다.

(2)번 효과의 경우, 과거에도 그랬고-과거에는 영웅급이었지만- 그다지 효과도 없고 말이다.

어차피 없는 효과가 노블레스 등급으로 상향 조정되면 뭐한단 말인가.

'수호신과의 친밀도 향상?'

이건 얼마만큼 도움이 되는지 모르겠다.

그때, 알림이 들려왔다.

[성군의 증표를 확인합니다.]

[수호신과의 상성을 확인합니다.]

[앰플러스 네임을 확인합니다.]

[앰플러스 네임: '밝은 빛의 성웅'을 확인합니다.]

[앰플러스 네임: '앞서가는 자'를 확인합니다.]

[앰플러스 네임: '초월자'를 확인합니다.]

성군의 증표, 수호신과의 상성, 그리고 앰플러스 네임.

이 세 개의 요소를 고려하는 것 같았다.

거기에 더해 목소리가 들려왔다.

-제법이야. 더 많이 컸네.

이 목소리, 알고 있는 목소리다.

'라이나?'

머릿속에서 웅웅거리며 들려오는 목소리.

알림과는 확연히 달랐다. 누군가 머리에 속삭이는 것 같았다.

그러고 보니 전에도 이런 목소리를 들은 적이 있었다.

전에는 이렇게 말했었다.

"너 제법 재미있네. 나랑 약간은 대화도 가능해졌어. 나에 대한 친화도가 훨씬 높아졌잖아?"

'빛의 성웅'이 '밝은 빛의 성웅'으로 업그레이드되었을 때에 그랬다.

그때 친화도가 높아졌는데 이번에 더 높아진 모양이었다.

─그래, 너를 지켜보고 있으면 재미있단 말이야. 아주 흥미로워.

그리고 알림이 이어졌다.

[스킬, '수호신 소환'이 생성되었습니다.]

신희현은 순간 망치로 머리를 얻어맞은 것 같은 기분이 들었다.

'수호신 소환이라고?'

라이나가 쯔쯧 하고 혀를 찼다.

―아서라, 아서. 소환사의 비술이고 뭐고 네가 날 소환해서 뭔가를 하면 3초면 번 아웃이야.

그러고서는 재미있다는 듯 킥킥대고 웃었다.

―뭐, 3초가 절박한 상황이라면 나를 소환해도 되겠지. 내 본신이 너무너무 보고 싶다면 말이야. 내가 특별히 강림도 아니고 소환 형태를 빌어서 네게 모습을 드러내 주는 거니까 감사하게 생각하라고.

강림이 아니고 소환이란다. 소환이면 '소환사의 비술'을 적용할 수 있다는 소리다.

'라이나를 소환한다?'

라이나의 말대로 그건 힘든 일이다. 3초도 힘들 수도 있다.

'하지만…… 소환 기술이 생겼다는 건 엄청난 거다.'

비록 3초라 할지라도 밝음의 여신을 소환하는 거니까. 정령왕 칸드마저도 어린애 다루듯 하는 그 여신을 말이다.

그리고 그 여신이 말했다.

―노블레스 등급 수호신은 필요 없지?

그게 무슨 말인가 하니.

―감히 내가 수호신으로 있는 이 몸에 야욕을 드러낼 멍청한 수호신은 없겠지. 암, 그렇고말고.

신희현은 황당해졌다. 그러니까 이 밝음의 여신이라는 존재가 신희현 자신에 대한 독점을 주장하고 있기 때문에 다른 수호신과의 계약이 어렵다는 것 아닌가.

'그래서 2번 효과가 발동되지 않은 거다.'

뭐 이딴 여신이 다 있나 싶다. 영웅급 수호신이라면 훨씬 더 유용하게 쓸 수 있을 텐데.

ㅡ엉큼한 생각 하지 마라. 이 몸의 수호신은 나 하나로 족해. 어디 감히 내가 있는데 다른 년이 들어와?

신희현은 뭔가 이상함을 느꼈다.

'다른 년'이라니. 수호신이 전부 여성성을 가진 것도 아니고.

하여튼 라이나를 소환할 수 있게 됐다.

'그러고 보니…… 간단한 대화 정도는 어렵지 않게 됐어.'

라이나가 비웃었다.

ㅡ웃기지 마. 지금은 내가 대화를 하고 싶으니까 얘기를 할 수 있는 거지. 평소라면 어림도 없어. 넌 내 목소리를 기다리도록 해. 내가 말하고 싶을 때만 말할 거니까. 넌 아직 너무 연약해서 이 몸과 함께하려면 멀었어.

그 말을 끝으로 라이나의 목소리는 더 이상 들려오지 않았다. 대신 탁민호의 목소리가 들려왔다.

"신희현 씨?"

"……아, 죄송합니다. 다른 생각을 좀 하느라."

그런데 정말 죄송할 일은 따로 있었다.

"이제 탈출합니다."

"······."

탁민호는 자포자기했다.

처음 이 말을 들었을 때에는 뭔가 감이 안 왔는데, 지금은 감이 팍팍 왔다.

신희현은 진심이었으며 자신은 신희현과 함께 나갔다가 이 마의 던전으로 다시 들어와야 했다.

'오, 오히려 잘된 거다!'

그래, 그렇고말고. 이렇게 어려운 곳을 클리어하면 계속 높은 등급의 클리어 보상도 받을 수 있고! 레벨 업도 하고! 얼마나 좋아! 아! 행복하다, 행복해!

그는 눈물을 머금고 신희현과 함께 캡틴에게 걸어갔다.

신희현이 말했다.

"캡틴, 이곳에서 탈출을 원합니다."

"흠? 네가? 에이, 설마?"

이내 캡틴은 실망하는 표정을 지었다.

"네 녀석은 아주 위대한 항해사가 될 수 있을 줄 알았는데. 실망이야. 비겁하게 도망이나 치다니!"

"다시 돌아올 겁니다."

캡틴이 눈을 반짝거렸다.

"정말이야? 정말정말정말? 도망치는 게 아냐?"

신희현은 속으로 한숨을 내쉬었다.

하지만 겉으로는 정중하게 얘기했다. 어쨌든 이 항해를 책임지고 있는 가이드는 캡틴이니까.

"항해에 더 적극적으로 함께하고 싶어서 그럽니다."

캡틴이 기뻐하며 고개를 끄덕였다.

"믿을게! 너를 믿을 테니 얼른 갔다 와!"

알림이 들려왔다.

[메인 던전: 아탄티아를 탈출합니다.]

아탄티아를 빠져나왔다. 다행히 플래시 세례가 터진다거나 하지는 않았다. 고구려가 철저하게 통제를 하고 있기 때문이다.

주변에 기자들이 없다는 것을 확인한 신희현은 그 사실을 간파했다.

'고구려가 엄격히 통제를 하고…… 응?'

인기척이 느껴졌다. 대도 최성일이나 도적 임설희보다도 훨씬 은밀한 기척이었다.

'초감각.'

하지만 초감각을 사용할 필요도 없었다.

키 190㎝, 탄탄한 근육질을 가졌지만 순박한 얼굴과 송아지 같은 눈망울을 가진.

'찬영이 형?'

임찬영이었다.

임찬영이 은신을 풀고 모습을 드러냈다.

"저번 일은 죄송하게 생각합니다."

"……아마 던전에 갇혔겠죠."

예전, 신희현이 '평화의 섬'을 함께 클리어하려고 했었던 길잡이.

탁민호와 함께 육성시키고 싶었었는데 모습을 드러내지 않다가 최근에야 모습을 드러냈다.

신희현은 피식 웃었다.

'괜히 마음이 든든해지네.'

부나방 임찬영.

뛰어난 체력과 근력, 순발력 등을 바탕으로 한 길잡이이며 어지간한 딜러나 탱커보다도 강력한 체력을 가진 좀 이상한 길잡이다.

어렵고 힘든 일에 가장 먼저 도전하며 숭고한 희생정신마저 갖고 있어 '부나방'이라는 이명이 붙었다.

신희현을 많이 도와줬던 길잡이기도 했다.

신희현이 말했다.

"아마도…… 히든 던전이었겠죠."

임찬영은 깜짝 놀란 듯 신희현을 쳐다봤다.

역시, 빛의 성웅은 모르는 게 없다더니.

그 말이 사실인 것 같았다.

"……역시 알고 계셨군요."

솔직히 신희현도 놀랐다.

'진짜라고?'

히든 던전이 또 있어?

'내가 클리어하고 있는 고대 히든 던전. 최성일과 임설희가 클리어하고 있는 히든 던전. 찬영이 형은 무슨 던전을 클리어하고 있는 거지?'

임찬영이 이렇게 오랫동안 연락이 끊긴 채 모습을 드러내지 않았다면, 어쩌면 히든 던전이었을 것이라 생각해서 얘기를 했는데 진짜였다.

"혹시 괜찮으시다면…… 저도 아탄티아에 함께하고 싶어 이곳에서 대기하고 있었습니다."

"이곳에서 대기하고 있었다고요?"

신희현은 물론이고 탁민호도 고개를 갸웃했다.

'내가 한 번 탈출할 것을 어떻게 알았던 거지?'

임찬영은 아탄티아에 대한 정보를 가지고 있지 않을 텐데.

임찬영도 그 의문을 알고 있다는 듯, 솔직하게 얘기를 꺼냈다.

"이것은 제가 히든 던전에서 획득한 아이템입니다. 이름은……."

신희현의 눈이 커졌다.

"······히든 보드입니다."

귀를 의심했다.

'히든 보드?'

히든 보드. 익숙한 이름이다. 과거에는 몰랐다. 하지만 이제는 안다.

현재 신희현은 히든 피스를 모으고 있는 중이고, 히든 보드가 있어야 히든 피스의 효과를 정확하게 확인할 수 있다고 했다.

신희현도 잘 모르는 거대한 시나리오가 흘러가는 것처럼 느껴졌다.

신희현이 물었다.

"히든 보드가 있으면 저희가 아탄티아에서 나올 것을 예상할 수 있습니까?"

"아탄티아의 위대한 군주가 될 자격이 있는 이가 아탄티아에서 나올 것이라 쓰여 있습니다."

임찬영이 설명을 시작했다.

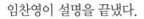

임찬영이 설명을 끝냈다.

"······그렇게 된 겁니다."

임찬영은 히든 던전인 '돕는 자의 던전'을 클리어하고 있단다.

'돕는'이라는 이상한 수식어가 붙은 히든 던전을 벌써 3개나 클리어했단다.

그리고 이번 던전에서 '히든 보드'라는 것을 획득했는데 이 '히든 보드'를 적법한 자질을 가진 군주에게 넘겨줘야만 한단다. 그리고 그 군주는 아탄티아의 입구 앞에 모습을 드러낼 것이라고 쓰여 있었단다.

'과거에도 형이 그랬나?'

이런 말을 해준 적이 없었다.

'만약 과거에도 형이 그랬다면.'

그랬다면 이 히든 보드를 누군가에게 전해 줬을 거다.

자신이 아닌 다른 누군가에게.

그 누군가가 누구였을까.

강유석이었을까?

알 수 없었다.

'아탄티아의 입구 앞에 모습을 드러낸다는 건.'

그건 예언이라 할 수 없었다.

오히려 퀘스트 내용에 정확하게 부합하는 내용이었다.

아무래도 이 '히든 피스'를 전부 모아야 '아탄티아의 군주 자격'이 완성되는 모양이었고, 그러려면 아탄티아를 탈출했다가 재진입하여 모든 관문을 클리어해야만 했으니까.

흩어져 있던 퍼즐 조각들이 맞춰지는 느낌이었다.

"적법한 자질을 갖춘 자에게 이 히든 보드를 건네주는 것. 이것이 제 퀘스트 내용입니다."

그때, 엘렌이 모습을 드러냈다.

"바로 찾으셨습니다."

언제나 그렇듯 성스러움이 가득한 자태와 위엄을 가지고 모습을 드러낸 엘렌은 굉장히 엄숙한 목소리로 말했다.

"빛의 성웅께서는 트리플 앰플러스 네임의 주인이시며, 또한 아탄티아의 군주 자격을 획득하신 분입니다. 그대의 퀘스트는 그리 어렵지 않게 클리어할 수 있겠습니다."

탁민호도 임찬영도 엘렌의 자태에 넋을 잃고 말았다.

"아······."

"오······."

가련한(?) 두 길잡이는 비슷한 반응을 보였고 신희현은 속으로 쓴웃음을 짓고 말았다.

'저런 건 도대체 누구한테 배운 거야?'

엘렌을 잘 아는 신희현이 보기에는 굉장히 부자연스러웠다.

말투는 짐짓 근엄하게 내는 것이, 엘렌도 연기에는 별로 소질이 없어 보였다.

그렇지만 그 부자연스러움마저 두 플레이어에게는 성스러움으로 느껴지는 것 같았다.

임찬영의 말인즉슨, 신희현이 '적법한 자질을 갖춘 자'로 판단했고 히든 보드의 내용이 맞다면 신희현이 이곳에 모습을 드러낼 거라고 생각했던 것이다.

"역시 이곳에서 기다리길 잘한 것 같습니다."

신희현은 얼떨결에 히든 보드를 받아 들었다. 생각지도 못
하게 히든 보드가 생겼다.

그렇다면 이제 히든 피스의 숨겨진 내용을 확인해야 했다.

'도대체 어떤 내용이 숨겨져 있는 거냐?'

11장
고대 도시

임찬영이 밝게 웃었다.

"역시 그럴 줄 알았습니다."

"예?"

"퀘스트 클리어가 떴습니다. 보상 절차가 진행되고 있어요."

숭고한 희생정신으로 똘똘 뭉쳐 있는 길잡이라 하지만, 어쨌든 클리어는 즐거운 듯했다.

'히든 보드는……'

히든 보드는 히든 피스를 부착할 수 있는 사각형 형태의 판이었다.

그곳에는 총 5개의 구멍이 뚫려 있었다.

사각형의 꼭짓점 부근에 하나씩 구멍이 뚫려 있었고 중앙에 하나가 더 뚫려 있었다.

'히든 피스를 끼울 수 있는 보드인 것 같다.'

그래서 히든 보드가 있어야 히든 피스의 정확한 효과를 알 수 있다고 한 건가.

신희현은 히든 피스를 끼워봤다.

신희현이 가지고 있는 히든 피스는 총 두 개.

하나는 지저의 천공에서 얻은 히든 피스이며, 또 다른 하나는 허무의 들판에서 받은 히든 피스다.

그 두 개를 히든 보드에 끼웠다. 조약돌 형태의 히든 피스에서 밝게 빛이 나기 시작했다.

히든 보드에서 일자 형태로 하늘을 향해 빛이 쏘아졌다가 이내 사라졌다.

탁민호가 물었다.

"뭐가 어떻게 된 거죠?"

"글쎄요."

아직 그도 잘 모르겠다.

'단순히 히든 보드가 있다고 해서 될 일이 아니었네.'

히든 보드가 있다고 모든 효과를 확인할 수 있는 게 아니었다. 히든 보드는 하나의 요소일 뿐이었다.

원래 히든 피스의 (2)번 효과는 다음과 같았다.

(2) 확인 불가(히든 보드 필요)

그런데 이 효과가.

(2) 확인 불가(5개의 히든 피스 필요)

로 변해 있었다.

2중으로 잠금장치가 되어 있는 모양이었다.

'이게 도대체 뭐기에.'

알 수 없었다. 죽이 되든 밥이 되든 일단 아탄티아를 클리어할 때까지는 기다려 봐야 할 것 같았다.

신희현이 말했다.

"우리는 다시 아탄티아에 입성합니다."

길잡이가 한 명 늘었다.

신희현과 특별한 '쩔' 같은 것 없이도 스스로 알아서 잘 성장한 임찬영, 그리고 신희현의 수제자(?)라 할 수 있는 탁민호까지.

세 길잡이가 아탄티아에 들어갔다.

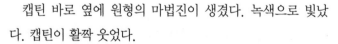

캡틴 바로 옆에 원형의 마법진이 생겼다. 녹색으로 빛났다. 캡틴이 활짝 웃었다.

"정말로 돌아왔구나!"

캡틴은 신희현을 반겼다.

신희현을 기다리고 있던 플레이어들이 '휴' 하고 한숨을 내쉬었다.

혹시나 신희현이 돌아오지 않을 경우, 엄청난 피해가 예상됐다.

믿을 수 있는 또 다른 길잡이인 탁민호도 없고.

물론 길잡이들이 있기는 있으나 신희현과 탁민호에 비할 수 있는 길잡이는 없는 실정이었다.

김경수가 고개를 살짝 숙이며 인사했다.

"돌아오셨군요."

"그럼요."

통신 패널로 가서 강민영부터 찾았다. 같은 배에 있지 않다는 것이 이렇게 괴로운 일일 줄이야.

－역시 우리 오빠야.

－보고 싶어 죽는 줄 알았다.

－정말?

－당연하지.

이러한 통신 내용이 과연 메인 던전 아탄티아에 어울리는 내용인지는 모르겠지만, 하여튼 신희현은 강민영과도 인사를 끝마칠 수 있었다.

신희현이 돌아와서인지 매우 기쁜 표정의 캡틴이 밝게 말했다.

"자자, 다음 목적지는 심연의 바다야! 모두 준비됐어? 30분 후에 항해를 시작할 거닷!"

심연의 바다.

이번에는 강유석이 합류했다. 얼음 계열 마법사인 변도현과 강하나도 지원했다. 버퍼인 신희아도 함께했다.

"심연의 바다는 물속에 위치한……."

어라, 그러고 보니.

"고대…… 도시."

그동안은 잊고 있었는데.

'고대 도시?'

고대 도시 아틀렌토. 바닷속 깊숙이 자리 잡고 있는 수중 던전, 혹은 수중 관문 형태다.

그래서 상급 워터볼이 많이 필요했던 거고.

사실 중급 혹은 하급이라고 해서 도움이 안 되는 건 아니지만, 신희현에게는 상급 워터볼이 필요했다.

상급 워터볼은 중급, 하급에 비해 훨씬 더 자연스런 움직임을 구사할 수 있도록 도와주며 그 지속 시간 또한 길기 때문이다.(물론 가성비를 따진다면 중급 워터볼이 최고지만 신희현은 가성비 같은 건 생각하지 않아도 된다. 희대의 사업 파트너, 라비트가 있으니까.)

'왜 이걸 잊고 있었지.'

고대 던전들과 더불어 '고대 도시'.

이 두 개는 서로 연관이 없을까?

'아니, 연관이 있을 확률이 높아.'

들어가 보면 알 거다.

고대 도시 아틀렌토에 대한 설명을 끝마쳤다.

인원 구성도 끝났다.

캡틴이 외쳤다.

"항해 시~~~~ 작!"

플레이어들이 바다로 뛰어들었다.

맨 처음 아탄티아에 입장했을 때, 신희현은 원거리 딜러들에게 최대한 많은 공격을 쏟아부으라고 지시했다.

플레이어들은 깜짝 놀랐다.

"세상에……."

사체가 즐비했다.

바닷속에 둥둥 떠다니고 있는 사체들.

"아까도 말씀드렸다시피 워터볼을 갖고 있는 플레이어들은 아틀렌토에 도착하면 워터볼을 섭취합니다."

워터볼이 없어도 숨 쉬는 것에는 크게 지장이 없다. 하지만 워터볼을 먹으면 운신이 훨씬 더 자유로워진다.

탁민호와 임찬영은 주위를 둘러보며 수영하듯 몸을 움직였다.

100여 명의 플레이어 전부가 그랬다. 아직 워터볼을 흡수하기 전이니까.

시스템의 특성상 호흡은 가능했지만 어쨌든 물속이다. 육지처럼 걸어 다닐 수는 없었다.

임찬영이 외쳤다.

"위! 조심하십시오!"

그는 수영에 일가견이 있는 것 같았다.

임찬영은 길잡이인 주제에 크기 약 1미터짜리 망치를 들고 다녔다.

그가 망치를 크게 휘둘러서 참치 형태의 수중 몬스터를 막아냈다.

날카로운 이빨을 내세우고 달려들던 참치 형태의 몬스터는 그의 망치에 머리를 세게 얻어맞고선 저 멀리 도망쳤다.

임찬영이 안도의 한숨을 내쉬었다.

"후우…… 다행입니다."

"어…… 저…….."

저기, 그쪽. 길잡이 아니었습니까?

묻고 싶었지만 참았다.

"감사합니다…….."

감사하기는 한데 조금 창피하네요. 저는 탱커거든요.

그 말도 참았다.

이 길잡이, 뭔가 좀 이상한 길잡이가 틀림없었다.

'역시 찬영이 형은.'

물속에서 이렇게 큰 저항을 받고 있는데도 저렇게 빨리 움직일 수 있다는 건 대단한 거다.

신희현도 저렇게는 못 움직인다. 아마 어떤 특별한 보정을 받고 있을 것이다.

플레이어들은 크고 작은 공격들에 대비하고 또 맞서 싸우기도 하면서 신희현의 안내를 따라 아래로, 또 아래로 움직였다.

탁민호가 감탄했다.

'이 정도의 몬스터를 미리 사살해 놨기 때문에…….'

그래서 이렇게 손쉽게 진입이 가능한 거다. 안전지대에서 폭격을 쏟아붓지 않았던가.

'예지력이란 게 이렇게 무섭구나.'

예지력 같은 스킬, 갖고 있지 않지만 하여튼 결과는 항상 옳았다.

저만치 아래, 어두운 바닷속임에도 불구하고 황금빛으로 번쩍이는 곳이 나타났다.

"저곳이 고대 도시 아틀렌토입니다."

강유석이 앞으로 나섰다.

"제가 처리하겠습니다."

강유석은 다른 플레이어들과 달리 매우 편안한 움직임을 보였다.

그는 최상급 물의 정령사다. 물은 그에게 어떠한 제약도 걸지 못했다.

['고대 도시: 아틀렌토'를 발견하였습니다.]

[고대 도시: 아틀렌토의 수문장이 낯선 이들을 환영하지 않습니다!]

[고대 도시: 아틀렌토에 비상 경계령이 떨어집니다!]

위이이이이잉-!

사이렌 소리가 터져 나오기 시작했다. 그와 동시에 도시 전체가 마치 경광등이라도 된 것처럼 붉은빛을 토해냈다.

아틀렌토의 수문장, '포돈'이 삼지창을 들고 모습을 드러 냈다.

"너희들은 누구냐?"

생김새가 제법 재미있었다. 전체적으로는 물고기의 형태를 가지고 있었지만 팔다리는 사람과 같은 모습을 하고 있었다.

하지만 그 팔다리가 상당히 얇아서 볼품없었다. 삼지창을 들고 있는 팔이 바들바들 떨리고 있었으니 말 다했다.

탁민호는 이상하다고 생각했다.

'어라?'

물고기 형태인데도 불구하고 물속에서의 움직임이 굉장히 느려 보였다.

느린 정도가 아니라 굉장히 어색했다.

마치 우주 속에 들어간 사람 같은 느낌이랄까.

허공에서 자꾸만 팔다리를 허우적대는 꼴이 우스울 정도였다.

신희현이 말했다.

"아직 전투 모드가 아니라서 그렇습니다. 긴장을 풀지 않도록 합니다."

말은 그렇게 하지만 신희현은 긴장하지 않았다.

아틀렌토의 수문장 포돈은 아틀렌토의 경계를 벗어났다.

아틀렌토 안에서야 강력한 힘으로 보호를 받을지 몰라도.

"영역 선포."

이곳은 아니다.

이곳은 아틀렌토의 보호가 미치지 않는 곳.

"수, 수, 수, 숨이 안 쉬어져!"

강유석의 영역 선포가 얼마든지 가능한 곳이다.

게다가 포돈이 전투 모드에 돌입하기 전이다. 생각보다 굉장히 쉽게 놈을 잡을 수 있었다.

[아틀렌토의 수문장을 처치하였습니다.]

[고대 도시: 아틀렌토에 입장할 수 있는 권한이 주어집니다.]

여전히 아틀렌토는 비상사태.

사이렌 소리가 플레이어들의 귀에 거슬렸다.

"여기서부터 워터볼을 먹습니다."

아틀렌토는 특수한 공간이다. 아틀렌토 주민들에게 버프를 발동시키며 플레이어들에게 디버프를 건다.

움직임에 제약이 많이 생기고, 하급 워터볼이라도 먹지 않으면 숨 쉬기가 곤란해진다.

아예 못 쉬는 건 아니지만 숨 쉬기가 굉장히 불편해진다. 그것은 곧 전투력 약화로 이어질 터다.

신희현도 상급 워터볼을 먹었다. 몸이 가뿐해졌다.

'오랜만이네.'

오랜만에 들어온다. 심연의 바다로 들어오는 길목에서 원래 30여 명이 죽었다.

물속에서 급습을 당해서 그랬다.

그러나 이번에는 달랐다. 길목도 무사히 잘 통과했다.

이제는 중앙 제단을 찾으면 된다.

"이곳은 하나의 마을 던전입니다. 마을 중앙에 있는 중앙 제단을 찾아야 합니다."

과거 이 클리어 조건을 알기 위해서 또 20여 명이 죽었다. 조건을 파악하는 와중에도 계속해서 급습을 받았으니까.

"놈들은 독이 있는 독침을 뱉는 형태로 공격합니다. 형태는 대부분 포돈과 비슷합니다. 혹시나 너무 자극하면 전투 모드에 돌입하며 그때는 상당히 힘든 싸움이 될 겁니다. 우리는 최대한 반응하지 않으면서 방어 위주로 움직입니다."

이미 얘기했던 거지만 그래도 현장에서 한 번 더 말했다.

플레이어들이 미리 약속한 대형으로 움직였다.

탱커들이 바깥으로 움직였다.

"다시 한번 말씀드립니다. 우리는 방어 위주로 움직입니다."

이곳은 몬스터를 잡아야 끝이 나는 곳이 아니다. 중앙 제단에 숨겨져 있는 '코어'를 부숴야 클리어가 가능하다. 그러려면 이곳의 몬스터들을 최대한 자극하지 않는 것이 좋았다.

"전투 모드에 돌입하면…… 속도가 상상을 초월합니다."

최상위급 플레이어들답게 방어 위주로 진행하며 걸음을 옮겼다.

독침이 이곳저곳에서 날아들었지만 반응하지 않았다.

독침의 존재를 모르면 모를까 이미 알고 있는 상황에서는 그렇게 큰 위협이 되지 않았다.

'좋았어.'

순조로웠다.

'중앙 제단을 향해 착실히 움직이고 있다.'

어쩌면 아탄티아 내 관문들 중 가장 쉽게, 또 가장 빠르게 클리어를 할 수 있을 것 같다는 기분이 들었다.

'중앙 제단이 보이기 시작했어.'

도시에는 굉장히 커다란 광장이 있었다. 평원이라고 해도 좋을 정도로 커다란 광장.

저만치 멀리에서는 은은한 황금빛을 흩뿌리고 있는 제단 하나가 보였다.

'저곳의 코어를 부수면…….'

그러면 이곳이 쉽게 클리어될 거다.

'쉽다.'

정말 쉬웠다. 좋았다.

중앙 제단에 접근했다. 제단은 꽤 컸다. 높이가 얼추 12미터 정도는 되어 보이는 거대 제단이었다.

그런데 알림이 들려왔다.

[불의 씨앗이 중앙 제단에 반응합니다.]

전혀 예상하지 못했던 변화가 시작됐다.

12장
마지막 자질 (상)

불의 씨앗.

예전 신희현이 얻었던 아이템이다.

크레바스 맘모스와 맘모스 헌터가 존재하던 히든 던전, 고대 동굴에서 얻었던 아이템이다.

그때, 신희현은 목숨을 걸었었다. 약간의 도박을 했었고 이 알 수 없는 아이템을 받았었다.

용도를 몰라서 인벤토리에 고이 모셔 놓았었다.

'이게…… 반응한다?'

이게 우연일까?

'고대 동굴에서 얻은 아이템과 고대 도시의 제단이 반응하고 있다.'

그리고 이 아이템을 얻었던 곳은 다름 아닌 '마지막 불의 제단'이었다.

고대 동굴 마지막 불의 제단에서 얻은 불의 씨앗이 고대 도시 중앙 제단에 반응하고 있는 거다.

'뭔가가…… 있다.'

그리고 어느 샌가.

'공격이 멈췄어.'

모르고 있다면 모를까 알고 있다면 그렇게까지 위협적이지 않은 공격들, 그 공격들이 멈췄다.

그리고 어느 순간 갑자기 주위가 조용해졌다.

아니, 조용함을 넘어서서 엄숙하기까지 했다.

'가까이 접근한다.'

원래 이곳을 클리어하려면 중앙 제단의 코어를 부숴야 한다. 그때 너무 강한 힘을 줘도 안 되고 또 너무 약한 힘을 줘도 안 된다.

너무 강한 힘으로 코어를 공격하면 그만큼 강력한 몬스터가 소환된다. 그렇다고 너무 약한 공격은 먹히지도 않는다. 그래서 적당히 강한 공격을 계속해서 퍼부어야 한다.

이와 같은 사항은 이미 플레이어들에게 숙지시켜 놓았다.

신희현이 말했다.

"잠시 먼저 접근합니다."

아무도 반대하지 않았다.

보상만 취하고 나갈 수 있었는데, 그러지 않았다. 게다가 저분은 무려 빛의 성웅 아니신가.

그들은 신희현에게 절대적인 지지와 신뢰를 보냈다.

'강현수도 가만히 있고.'

행운 강현수. 일종의 위험 감지기다.

'뭔지는 모르겠지만.'

그렇게 나쁠 것 같지 않다.

걸음을 옮겼다.

갑작스레 몸에서 땀이 났다.

걸음을 옮길 때마다 라이나의 목소리가 들려왔다. 교감과 비슷한 형태로 말이다.

'나 참.'

'라이나?'

'정말 별종인 계약자네.'

'뭐가?'

'여기까지 올 줄이야.'

'무슨 뜻이지?'

라이나는 대답하지 않았다.

신희현은 고개를 갸웃했다.

여기까지 왔다니. 그게 무슨 말이란 말인가.

'라이나, 대답 좀 해봐.'

'……'

대답은 들려오지 않았다.

'하여튼 속 편한 여신이라니까.'

'……'

'자기 말하고 싶을 때만 툭 튀어나와서 말하곤 사라져 버리고.'

'……'

신희현은 논리와는 전혀 상관없고 대화의 맥락과도 아무런 상관도 없이 드립을 던졌다.

'혹시 못생겼나?'

그래, 이런 것에 반응할 리 없…….

'죽고 싶냐?'

……응?

신희현이 의문을 표하기도 전에.

"어억……!"

신희현은 가슴을 붙잡고 쓰러져야만 했다. 강현수를 비롯한 플레이어들이 화들짝 놀랐다.

"신희현 씨!"

강유석 역시 깜짝 놀라 신희현에게 달려왔다.

"형! 어떻게 된 거예요!"

"……아, 아냐. 아무것도."

"진짜 괜찮아요? 안색이 안 좋아요."

신희현은 강유석의 말을 제대로 듣지 못했다.

'어서 예쁘다고 말해라.'

라고 말하는 라이나에게 바가지 아닌 바가지를 긁히고 있었기 때문이다.

하여튼 신희현은 '예쁘다'라고 말을 하고 나서야 가슴을 불태우는 것 같은 통증에서 벗어날 수 있었으며 결국 중앙 제단 위에까지 오르게 됐다.

알림이 들려왔다.

[마지막 불의 씨앗이 중앙 제단에 반응합니다.]

신희현은 조심스레 '마지막 불의 씨앗'을 꺼내 들었다.

강현수도 가만히 있고 라이나도 가만히 있는 것으로 보아 나쁜 일이 생기지는 않을 거라 생각했다.

라이나의 상황, 그는 잘 모른다.

'내게 정확하게 말하지 못하는 어떤 이유가 있겠지.'

그렇다면 라이나는 라이나 나름대로 힌트를 준 거라고 할 수 있겠다.

'여기까지 왔다…… 라고 말을 했다는 건.'

어쩌면 라이나만의 칭찬 방식이 아닐까.

그런 기분이 들었다.

라이나가 날 선 목소리로 버럭 소리를 질렀다.

'우, 웃기지 마. 나는 칭찬 같은 거 안 하는 여신이야.'

하여튼 여기까지 왔다.

'이걸 꺼내면 되나.'

불의 씨앗을 꺼내 들었다.

[불의 씨앗을 제단에 적용하시겠습니까?]

[불의 씨앗을 적용하면 불의 씨앗은 소멸됩니다.]

어차피 가지고 있어봤자 어디에 쓸 수 있는지도 모르는 아이템이다.

사용하기로 했다.

그와 동시에 제단에서 커다란 불이 일었다.

[심판의 불꽃이 활성화됩니다.]

알림이 들려왔다.

[앰플러스 네임을 확인합니다.]

앰플러스 네임을 무려 세 개나 가지고 있다.

[중앙 제단이 플레이어의 자질을 인정합니다.]
[심판의 불꽃이 플레이어를 공격하지 않습니다.]

그는 현재 불에 휩싸인 상태.

그러나 괴롭지는 않았다. 오히려 평온했다. 따뜻한 느낌까지 들 정도였으니까.

[플레이어의 성향을 파악합니다.]
[성군의 증표를 확인합니다.]
[심판의 불꽃이 플레이어를 보호합니다.]

황당하기는 하지만 보상이라면 보상인 알림까지 들려왔다.

[심판의 불꽃이 플레이어의 심장에 머뭅니다.]
[수호신과의 상성을 확인합니다.]
[심판의 불꽃이 활성화됩니다.]

여기까진 좋았다. 심판의 불꽃이 무엇인지는 모르겠다만 좋은 것이 틀림없었으니까.

문제는 여기서부터 시작이었다.

[중앙 제단이 마지막 자질을 시험합니다.]

제단 주제에 도대체 무슨 시험을 한단 말인가.

'퀘스트다……!'

자질을 시험한다고 쓰고 퀘스트라 읽는다.

그게 발동되었다. 그런데 그 조건이 아주 황당했다.

[1분의 시간이 주어집니다.]

1분의 시간까지는 좋다.

[1분 내, 세 명의 플레이어가 불의 제단에 진입 시 자질 확인이 완료됩니다.]

황당해졌다. 이딴 게 무슨 퀘스트란 말인가. 그것도 자신의 힘으로 하는 게 아니라 다른 사람이 이곳에 들어와야 한다는 건가.

'아.'

신희현은 알 수 있었다.

자신의 뒤덮고 있는 이 맹렬한 불길, 밖에서 보면.

'내가 타고 있는 것처럼 보이겠지?'

거의 죽은 것처럼 보일 수도 있겠다.

'나를 구하러 올 사람이 세 명은 있어야 한다는 소리인가?'

그런 것 같다. 앰플러스 네임뿐만 아니라 성향까지 확인을 했다.

그 앰플러스 네임과 성향을 확인한 뒤, 그에 걸맞은 관문이 주어진 셈이다.

신희현은 밝은 빛의 성웅이며 성군의 증표까지 가지고 있는, 말 그대로 '영웅'이었으니까.

중앙 제단은 그걸 인정하고 그에 걸맞은 시련을 준 셈이었다.

'그러지 않았다면 난 이 불꽃에 타죽었겠어.'

그럴 확률이 높았다. 그렇게 10초가 흘렀다.

신희현이 중앙 제단의 불에 갇히기 직전, 플레이어들에게도 알림이 들려왔다.

[고대 도시: 아틀렌토의 적개심이 사라집니다.]
[고대 도시: 아틀렌토가 방문자를 환영합니다!]

게다가 황당한 알림까지 들려왔다.

[심연의 바다가 클리어되었습니다.]
[보상을 산정합니다.]

플레이어들은 떨떠름했다.

"어……?"

몬스터가 튀어나오면 싸울 준비를 하고 있던 차였다.

아무리 워터볼을 먹었다 할지라도 이곳은 물속이고 코어에서 소환되는 몬스터들은 꽤 강력하다고 들었다.

"뭐지?"

뭔지는 모르겠는데 일단 클리어는 된 것 같았다.

그런데, 마냥 기뻐할 수는 없는 것 같았다.

강유석이 제단을 향해 달려갔다.

"형!!!"

그는 상급 정령을 소환했다.

이곳은 물속, 그의 영역이다.

"젠장!!!"

그는 체력을 생각하지 않고 힘을 끌어올렸다.

불의 제단을 향해 폭포수를 퍼부었다.

물이 소용돌이치며 중앙 제단을 집어삼킬 듯 위세를 피워 올렸지만 소용없었다. 강유석이 일으킨 물의 폭풍은 중앙 제단 근처에 가기도 전에 사라져 버렸다.

저 제단의 불이 너무 뜨거운 건지, 아니면 특별한 힘으로 보호라도 되는 건지 공격 자체가 먹히지 않았다.

"형!!!"

그 뜨거운 불길 안에 신희현이 갇혔다. 일렁거리는 붉음

속에 시꺼먼 그림자가 보였다.

강유석의 눈으로 보기에 그 시꺼먼 그림자는 마치 신희현이 남기고 있는 유언처럼 보였다.

신희현의 몸이 불타고 남은 재. 그게 흩날리고 있는 것 같은 느낌이었다.

'젠장! 젠장! 젠장! 젠장!'

말도 안 된다, 이건. 이럴 수는 없는 거다.

'어떻게든, 방법을 찾아야 돼.'

지금 이 타이밍에 심연의 바다 클리어가 뭐가 중요하냔 말이다.

생각보다 엄청나게 빠르고 쉽게 클리어했다지만 그 클리어에 신희현의 희생이 있으면 안 됐다.

적어도 강유석에게는 그랬다.

'제기랄!'

그런데 방법이 없었다. 저 불길에 가까이 접근하는 것조차 불가능했으니까.

플레이어들은 당황했다.

"어, 어, 어?"

빛의 성웅이 보이지 않았다.

그것뿐만 아니라.

"떠, 떠오르고 있다?"

물에 잠긴 고대 도시 아틀렌토가 갑자기 떠오르기 시작했다. 지진이라도 난 것처럼 땅이 진동하더니 이내 조금씩 떠올랐다.

[아틀렌토의 육지화가 진행됩니다.]
[고대 도시: 아틀렌토에 내려진 저주가 풀립니다.]

어느 순간, 정신을 차려보니 물속이 아니었다.
어딘지는 모르겠다만 분명 해가 보였다.
"이건 도대체……."
보통 던전 안은 어둡다.
해가 있는 던전?
경험해 본 플레이어가 별로 없다.
"해가 있습니다."
"여긴 어디죠?"
"빛의 성웅께선 어떻게 되신 겁니까?"
플레이어들은 혼란에 휩싸였다. 지금 일어난 일이 무엇인지 알 수 없었으니까.
절대적으로 신뢰하던 빛의 성웅도 지금 불길에 갇힌 상태. 생사를 장담할 수 없었다.
중앙 제단은 아직도 불타오르고 있는 중.
임찬영이 뛰었다.
탁민호가 임찬영을 붙잡으려 했다.

"이, 임찬영 씨!"

그런데 임찬영의 움직임이 너무 빨랐다. 몸놀림이 재빠른 게 꼭 딜러 같았다.

탁민호가 미처 말릴 새도 없이 임찬영은 불의 제단을 향해 미친 듯이 달렸다.

신희현은 초조해졌다.

'세 명.'

자신을 위해 목숨을 걸 수 있는 세 명.

누가 있을까.

'희아라면…….'

동생인 신희아라면 아마 달려올 거다.

'민영이를 데리고 왔더라면…….'

신희현은 확신하고 있다. 강민영이라면 무조건 달려온다.

구출이고 뭐고 일단은 달려오고 볼 것이 뻔했다.

'남은 시간은…….'

남은 시간은 이제 30초 남짓.

엘렌의 날개가 바들바들 떨렸다.

"신희현 플레이어, 걱정되지 않으십니까?"

"걱정한다고 해서 뭐가 바뀌지는 않잖아."

"바뀌지는 않지만……."

엘렌이 입술을 깨물었다. 요즘 들어서는 표정 변화가 다양해졌다.

"어째서 그렇게 태평할 수 있는 겁니까!"

"왜 화내?"

"화내는 거 아닙니다. 너무 태평해 보이셔서 답답해서 그렇습니다!"

그렇게 말을 하는 엘렌의 눈에 눈물이 글썽거리고 있었다. 신희현은 피식 웃고 말았다.

"내가 잘 살았다면 누군가 오겠지."

그때, 누군가가 달려오는 게 보였다.

'응……?'

누군가가 중앙 제단의 불길 안으로 뛰어들었다.

"당신은……."

가장 먼저 그에게 달려온 사람은 임찬영이었다.

부나방 임찬영. 그가 정말로 뛰어들어 왔다.

임찬영은 고개를 갸웃했다.

"어……? 어……? 무사하셨군요……?"

"무사하다고 생각하니까 달려오신 거 아닙니까?"

"그, 그건 그렇지만……."

신희현은 정말로 황당해졌다. 임찬영이 가장 먼저 뛰어올 줄이야.

"오, 올 때는 엄청 뜨거웠는데 들어오니까 안 뜨겁네요."

"그 뜨거움을 참고 달려온 겁니까?"

임찬영은 머리를 긁적거렸다.

"예…… 뭐……."

분명했다. 앞 뒤 안 가리고 달려온 것이 틀림없었다.

임찬영에게 논리 같은 걸 바라면 안 됐다.

그의 눈에 도움이 필요한 사람이 있어 보였고 그래서 그는 달려왔을 뿐이다.

'이건 행운인가.'

행운의 연속이라고밖에 할 수 없었다.

아탄티아에서 탈출했는데 그 자리에서 임찬영을 만났고 다시 임찬영이 이곳으로 들어왔다.

신희현이 덤덤한 표정으로 말했다.

"남은 시간은 이제 10초."

10초 남았다.

"10초 안에 두 명이 더 들어오지 않으면……."

그때는.

"우리 둘 다 타죽을 겁니다."

임찬영은 울상을 지었다.

"무, 무섭습니다."

저 커다란 덩치에 송아지 같은 눈망울로 무서움을 표하고 있는데 그 아이러니함 때문에 신희현은 피식 웃고 말았다.

남은 시간은 이제 5초.

시간은 계속해서 흘러갔다.

기분 탓인지는 모르겠는데, 몸이 점점 더 뜨거워지는 것 같았다.

머릿속에서 경고음이 울리는 것 같았다.

[남은 시간 3초.]

시간이 흘러갔다. 이젠 느낌이 아니었다.

정말로 몸이 뜨거워짐을 느꼈다. 살갗이 녹아내리는 것 같은 환상이 보일 정도.

[남은 시간 2초.]
[남은 시간 1초.]

그리고 마침내 시간이 다 되었다.

[여유 시간이 모두 소진되었습니다.]

to be continued